LOCUS

LOCUS

LOCUS

LOCUS

to

fiction

to 130
怪誕故事集
Opowiadania bizarne
作者：奧爾嘉・朵卡萩 Olga Tokarczuk
譯者：鄭凱庭
責任編輯：林立文
美術設計：高偉哲
電腦排版：楊仕堯
法律顧問：董安丹律師、顧慕堯律師
出版者：大塊文化出版股份有限公司
105022 台北市松山區南京東路四段 25 號 11 樓
www.locuspublishing.com
讀者服務專線：0800-006689
TEL：(02) 87123898　FAX：(02) 87123897
郵撥帳號：18955675　戶名：大塊文化出版股份有限公司

總經銷：大和書報圖書股份有限公司
地址：新北市新莊區區五工五路 2 號
TEL：(02) 89902588　FAX：(02) 22901658
初版一刷：2022 年 9 月
初版二刷：2023 年 5 月
定價：新台幣 380 元
Printed in Taiwan

怪誕故事集

OPOWIADANIA BIZARNE

OLGA TOKARCZUK

奧爾嘉・朵卡萩◎著　鄭凱庭◎譯

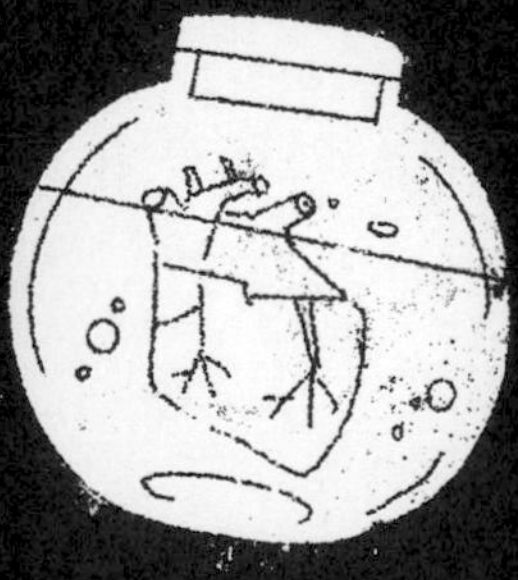

Contents

總導讀

拆解生命的地雷：奧爾嘉・朵卡萩小說讀想

釜山大學中文系客座教授／翁智琦

波蘭作家奧爾嘉・朵卡萩（Olga Nawoja Tokarczuk）於二〇一九年獲得二〇一八年度的諾貝爾文學獎，當時授獎辭如此描述奧爾嘉的文學：「（她的）敘事想像力帶著百科全書式的熱情，呈現出由各種邊界交錯而成的一種生命形式。她是位速寫大師，捕捉那些在逃避日常生活的人。」

朵卡萩以詩歌起家，後來陸續有散文、小說、評論以及近年的繪本創作，共出版十八部不等，許多作品已翻譯多種外文版本廣為流傳。其中，最受讀者歡迎與讚譽的是小說作品，《太古和其他的時間》、《雲遊者》、《犁過亡者的骨骸》、《雅各之書》、《怪誕故事集》等作都相當具代表性。尤其《太古和其他的時間》讓她奪得波蘭重要文學獎，一舉在波蘭文壇成名，而後又因獲頒諾貝爾文學獎，使得波蘭克拉科夫市政府決定在市外種植一片森林，並將之命名為「太古」。

一九六二年朵卡萩出生於波蘭的蘇萊胡夫小鎮，靠近德國邊境；一九九八年，朵卡萩搬到波蘭新魯達的小鎮，靠近捷克邊境。朵卡萩出生的年代恰好是波蘭在脫離法西斯統治之後，一段經濟復甦、風雨飄搖的時期。當時的波蘭受到社會主義執政黨各種不當經濟建設措施影響，進入經濟衰頽期，人民因此累積許多不滿情緒。朵卡萩的童年時期，學生運動、工人運動開始活躍，她從小見證許多國家動蕩不安、社會能量卻又如此飽滿的景象。這段時期，父母時常帶領她至圖書館閱讀童話故事，而後她也在那讀到拉美魔幻寫實主義文學，深受吸引。

朵卡萩成年後，進入華沙大學就讀心理學，畢業後任職於心理健康諮詢所並兼任心理學雜誌《性格》編輯。一九八九年六月四日，波蘭團結工聯在國會大選中擊敗波蘭統一工人黨，獲得勝利。波蘭政權和平轉移，成為民主國家。朵卡萩在這年開始寫詩，並出版詩集《鏡中之城》，正式踏上作家之路。朵卡萩曾在一次訪問中提到，中歐敘事傳統以及捷克作家弗朗茨．卡夫卡、波蘭作家布魯諾．舒爾茨的作品，都是深刻影響她的文學養分。

由於心理學的專業訓練與實作經驗，讓朵卡萩學習並擅於傾聽，也因此讓她的作品充滿許多知覺感官的體驗描述，造成斷裂、破碎、不連續、重複、超現實等獨特的魔幻寫實形式。朵卡萩時常將一個小村鎮或特定空間打造成故事場景，藉由魔幻寫實技法，打破日常或生命中的常規、準則、迷思，將關懷議題拉出極大維度，卻又都聚集在同一個整體空間裡。

朵卡萩的作品，閱讀門檻雖頗具挑戰，卻也因此提供我們許多拆解漫布於人類世界中各種地雷的機會。對她而言，這可能是「不討好」卻相當必要的工作。她甚至曾因指出波蘭人做過包含屠殺猶太人等可怕事情後，遭受到死亡威脅，並被她的波蘭國人以「叛徒」、「猶太抹布」和「妓女」等字眼羞辱。這就是朵卡萩文學的工作目標，拆解人類世界的地雷、引爆，從而帶出不同議題的複雜度與反思空間。

由於波蘭運命多舛的歷史，朵卡萩創作初期即特別關注神話與歷史、性別權力、身分認同與疆界、帝國資源分配等問題，近年更可在作品中見出動物權與生命倫理的詰問，它們在朵卡萩文學中糾纏出繁複難解卻也顯得豐富多元的圖景。

朵卡萩擅用《聖經》典故、斯拉夫神話、波蘭傳說作為作品中許多角色功能或者情節設計的根據，並予以變形或諷刺。歷史上的波蘭一直是歐洲軍國主義強權占領、瓜分、侵略之地。一九八〇年代末，面臨社會主義政權的瓦解，知識社群也有了後殖民、後現代等的批判論述，在反思的一代受高等教育的朵卡萩，此時亟欲找回波蘭自己的故事。因此，她挪用《聖經》與民間文學建構敘事主體，《太古和其他的時間》是這階段的朵卡萩交出的作業，而她更在《世界墳墓中的安娜·尹》中運用蘇美神話發展故事，喻託世界整體觀與人類幸福生活的關係。

雖說這一類的題材與嘗試，往往會因為符合主流社會的強國健身之期盼而容易受市場歡迎，朵卡萩此時卻又將性別權力、身分認同與疆界等關懷，化為粗細不一的針，綿密地擺放在故事裡，這也使得她的作品往往容易刺傷主流社會敏感而易怒的心。比方說，朵卡萩著重刻劃女性自主與情慾的展現，最著名的當屬

《太古和其他的時間》中的「無業蕩婦」麥穗兒。她用身體與已婚男人交換日常所需，且性愛時從來不肯按一般男女的方式躺倒在地上。

小說裡是這樣寫的：「她說：『幹麼我得躺在你的下面？我跟你是平等的。』她寧願靠在一棵樹上，或者靠在小酒店的木頭牆上，她把裙子往自己背上一撩。她的屁股在黑暗中發亮，像一輪滿月。」要知道，若這樣的麥穗兒是男性，他往往是風流倜儻、瀟灑不羈的形象，較少遭受負面觀感，反而能被正面欲望。然而正因為麥穗兒是女性，因此她勢必得比男性承受更多的責難與非議。即便如此，朵卡萩讓這樣的女性生出自主、跳脫社會桎梏。麥穗兒不只是太古知名蕩婦，她更是一名自由的蕩婦。

類似的「非典型」女性，在《世界上最醜的女人》、《世界墳墓中的安娜·尹》又或者《犁過亡者的骨骸》、《怪誕故事集》等作中，也頻繁出現。尤其《犁過亡者的骨骸》以一位熱衷占星術與威廉·布萊克詩歌的英語教師為主角，她是一名被他人認為長相與行為都有些怪異的老婦。她因為小鎮裡的一連串死亡事件，不停向公權力提出重新思索生命與認識世界的主張，然而，她鮮少成功說服他人。儘管如此，她仍用了獨特方式，在波蘭邊境的小鎮引起日常內爆。

除了女性角色外，朵卡萩對於異人、畸形等邊緣角色頗有關懷，這些人物往往是社會刻意忽視的生命角落，他們是被社會包圍在「外」的一群。他們雖有名有姓，社會卻不希望與之有關。因此，朵卡萩以《犁過亡者的骨骸》中的這位老婦為孤獨的行動倡議者，她主張拋棄所有人物的官方名字，改以綽號稱呼這些與她的生命有所關係的人們，綽號命名源由來自他們的性格與外型特徵。老婦認為，官方名字只是一種老套符號，過於平庸又脫離個人，而每個人與他人建立關係時，都展現不完全相同的面貌，因此每個人都是有很多名字的人。從這裡，朵卡萩透過老婦視角，翻轉了命名的敘事與傳統，名字不再是重點，「關係」才是必須被呼喊、辨認的對象。

朵卡萩除了持續在作品中關照女性與畸人之外，她也熱衷描寫跨境旅人形象。旅行、穿越邊界的議題，其實來自朵卡萩對人類心靈知識的思考與其獨特生命經驗。一方面，她篤信人類有著游牧民族的天性；另一方面，朵卡萩皆因不同理由，在幾個國境附近居住。因此，穿越邊界對她而言，除了是挑戰，也是一種內心深切的渴望。她所居住的小鎮，附近一座森林裡還遺留著古老界標，她總和狗狗們玩著跑進森林跨越界標的遊戲，只為滿足內心渴望，獲得清爽而原始的愉悅。在那一刻，朵卡萩感覺自己是自由人，因為邊界其實並不真的存在。

《雲遊者》是朵卡萩的旅人形象集大成之作，它關注每一次旅行對於旅人的巨大破壞與耗損，透過描寫不同時空、地點、形式的旅行，在旅行過程中揭露人類歷史文明發展中，往往是以男性及殖民者為中心的各種自大、傲慢與徬徨心態，並深刻檢視旅人在時差與異質空間的情境中，內向世界能有何種體驗？旅人自身與他人的關係，在旅行之後又能何去何從？身分、疆界一旦出現變化，原始意義竟顯得如此不穩。這可以是朵卡萩式的搖晃，藉此鬆開固著於世界中的思考零件，再次組裝。

《怪誕故事集》又再度發揮這些雲遊故事，並將核心問題指向「恐懼」。書名是《怪誕故事集》，事實上是集結朵卡萩文學議題中的諸多葛藤，成為一座記憶博物館。它展示了人類記憶中不同層面的恐懼，包含提前占據心理位置的恐懼、知識分子偏離帝國與資源中心的恐懼、失去摯愛的日常恐懼、身分差異模糊的恐懼、面對生命不同樣態與選擇之恐懼等等。這些恐懼在生活中成為怪誕且突梯的日常，有時粗暴挑釁，有時不明所以、難以言喻，更多時候則是不知所措、無法面對。

朵卡萩是素食主義者，她利用諾貝爾文學獎金創建基金會，除了提供作家、譯者的寫作計畫外，也積極進行生態運動。然而，朵卡萩強調，她絕對不是行動主義者，她只是使用文學去拓展想像的邊界。此次翻譯出版的《怪誕故事集》與《犁過亡者的骨骸》就反映了朵卡萩近年的核心關懷：生態與動物權。

中學時的生物老師開啟朵卡萩對人類與生命倫理的探索契機，她相當在意人類與動物之間的權力關係。比如《怪誕故事集》中的「綠孩兒」，作為戰爭受害者，他們在森林裡讓大自然養育長大。當波蘭國王出巡到莊園時，獵人帶回綠孩兒。外貌襤褸的綠孩兒被國王當成森林裡的珍禽異獸看待，準備將他們綁在行李上，到另一個城市檢查。後來綠孩兒意外治療了長年困擾國王的痛風病，此後國王立即像對待人一樣對待綠孩兒。朵卡萩以「綠孩兒對國王的病有用」這件事，尖銳地指出人與動物的界線區隔，其實只在於人或動物究竟對人有沒有「貢獻」。甚至於，有時候人權並非不容侵犯，假如他「像動物一樣」。

《犁過亡者的骨骸》則更深刻思考了動物權議題，比如小說中第二章的開頭語：「一隻狗餓死在主人門前，這預示著國家的毀滅。」在動物權的論述中，狗進入人類社會已有上萬年，基本上與人類關係相當深厚。狗既然已是具體的人類社群成員，人類自然必須承擔具體的責任。又或者第七章指出「動物能展現一個國家的真相，尤其是這個國家對動物的態度。如果人們對動物殘酷行事，民主就只是空談，毫無用處。」顯然，朵卡萩主張動物權，她不停透過故事，許下世界生命的互動能彼此尊重、豐富，且不剝削的心願。然而，動物權議題恐怕也是目前政治上的一個地雷，畢竟不同國家、族群、文化的人，在許多日常儀式與實踐中，動物於文化傳承的功能實在太過重要。

朵卡萩如此致力於諸多「不討好」的議題，來自她相信「世界是一個鮮活的、完整的實體，而我們每一個生命在它眼中，皆是一個個微小而強大的存在」的世界觀。她篤信世界的連動性，並努力成為溫柔的敘事者，因而能以渺小個人在文學中做出在我看來幾近偉大的志業。身為讀者的我們，何其幸運？在世界被戰爭、仇恨、成見與疫病所困住的當下，我們仍能在朵卡萩的作品中，看見如此之大的柔軟與自由。

翁智琦

政治大學臺文所博士，曾任巴黎高等社科院訪問學人、政治大學陳芳明人文講座講師、靜宜大學兼任講師，現為韓國釜山大學中文系客座教授。曾獲玉山文學獎、文化研究學會博士論文優選等。合著有《遇見文學美麗島》、《二二八・「物」的呢喃》、《性別島讀：臺灣性別文學的跨世紀革命暗語》等。

1 乘客

在長途的越洋班機上，坐在我旁邊的男人對我訴說兒時在夜裡感受過的恐懼。同樣一個噩夢縈繞不去，他發出的尖叫聲總喚來驚慌失措的父母親。

那事發生在靜謐、燈光昏暗、沒有電視螢幕的漫漫長夜裡。最多只能聽到收音機的雜音，或父親翻閱報紙的沙沙聲。這般氛圍最容易讓人胡思亂想。那個男人還記得，儘管父母親盡力安撫，他仍從下午就開始感到恐懼。

那時他大概三、四歲，住在小城郊外一幢昏暗的房屋裡。他的父親是個一板一眼到甚至有點不近人情的校長，母親則在藥房工作，身上總是散發著藥物氣味。他還有個姊姊，但她和父母不同，不僅不會嘗試幫助他，還恰好相反——從中午就提醒著他黑夜將至，臉上還帶著耐人尋味的喜悅神情。大人不在身旁的時候，她總會對他說些吸血鬼、活屍從墳墓爬出來、外加各式各樣地獄生物的故事。怪的是，她說的故事一點也沒有誘發他的恐懼，他不懂得去害怕那些普羅大眾認為可怕的東西，似乎在心裡，恐懼的位置已被其他東西占據，在所有可能感受之中，他感到的只有精疲力盡。當她嘗試用誇張的耳語嚇唬他，他只是這樣聽著她興奮激昂的語調，不動聲色，因為他知道，那些故事和他每晚躺在床上看到的形體相比，簡直是小巫見大巫。成年後，他覺得應該感謝姊姊，因為那些故事給了他對世上一切恐怖的免疫力。就某種意義上，他成了一個無所畏懼的人。

恐懼是無法言喻的。當父母來到他房間，問他發生了什麼事、夢到了什麼東西，他只能支支吾吾地說出「他」、「有個人」，又或者「那個」。父親會打開房間的燈，篤信經驗證據的他會指著門邊或櫃後的角落，重複說道：「你看，這裡什麼也沒有。一點東西都沒有。」母親的反應則不同。她會把他攬入懷裡，讓身上那股藥房消毒水氣味籠罩著他，輕聲說：「媽媽在這兒，不會發生任何壞事的。」

只是他年紀還太小，不會被邪惡事物嚇到，畢竟他連是非善惡都還分不清。此外，他也太年輕，還不懂得為自己的性命擔憂。畢竟，世上還有比死亡更恐怖的事物，也有比被吸血鬼吸血、遭狼人撕碎更嚴重的情況。孩子最是清楚：「死亡得以倖免。」最糟糕的是那些重複且規律的、那些恆定且可預知的、無法避免卻無能為力的——是那些你無法控制，被它的鉗子拽著向前走的。

於是他在自己房裡的衣櫃和窗戶間看到了一個男人的身影，就站在那裡動也不動。在百分之百是臉的暗影上，有著閃爍的點點紅光——香菸頭。那張面孔會隨著香菸的光芒，不時從黑暗中浮現，以蒼白、疲倦的眼眸定定看著孩子，眼神中夾雜幾分怨恨。他有著叢叢灰白的鬍鬚、皺紋密布的臉龐，以及用來吸菸的薄嘴脣。那男人紋風不動，孩子則被嚇到臉色蒼白，慌忙地執行祖母教他的保護儀式——頭埋在棉被下，雙手緊握床沿的金屬扶手，嘴裡默念禱詞，向守護天使祈禱。可是這麼做並沒有帶來任何幫助，因為到最後祈禱轉為尖叫，父母則聞聲而來。

這種情況持續了好一陣子，足以在孩子心中埋下對夜晚的不信任感。不過，因為黑夜之後總有天明，和煦的陽光對黑暗中的萬物施以恩澤，所以當孩子漸漸長大，便忘了這些事。白晝對孩子的影響越發強烈，帶來越來越多的驚喜，父母也因此鬆一口氣，迅速忘了孩子兒時的恐懼。每年春天，他們都會打開窗戶，讓春風拂過家裡每個角落，就此平靜老去。當他從男孩長成男人，他深信一切幼稚事物都不值得勞神費心，所以，在他的童年記憶裡，除了清晨和晌午，黃昏和夜晚都被抹去。

直到最近——他這樣對我說——就在不知不覺跨過六十歲的某天晚上，當他疲憊地回到家，才發現了完整的真相。睡前，他想抽根菸，所以站在窗邊，而窗外的夜色讓窗戶變成一面朦朧的鏡子，火柴的亮光在黑暗中閃過片刻，而後，菸頭的火光在那瞬間照亮一張臉。幽暗之中又出現同樣的人影——蒼白的高額頭、漆黑的眼眸，細薄嘴唇，還有灰白鬍鬚。那個人影幾十年來都沒有變，他立刻就認了出來。就算沒有任何人會聞聲來救，這仍觸發了他的反射動作——深吸一口氣、放聲尖叫。他的父母已經離世多時，現在的他是獨自一人，小時候的儀式也早失去力量。他早就不相信守護天使了。但當他在某瞬間豁然理解自己曾如此懼怕某一個人，他也獲得了真正的解脫。就某方面而言，父母說得沒錯——外面的世界是安全的。

「你看到的那個人不是因為你看到他而存在，而是因為他看著你，所以他存在。」在這奇異故事的結尾，他這樣說道，然後我們便伴著引擎低沉的嗡嗡聲，在搖晃之中進入夢鄉。

2 綠孩兒：即由國王陛下，揚・卡齊米日[1]的醫生——威廉・戴維森所記之沃里尼亞[2]怪異事件

這件事發生在一六五六年的春夏時節。當時，我在波蘭又待了一年。我在幾年前應瑪麗亞・路易莎[3]，亦即波蘭國王揚・卡齊米日的妻子、波蘭皇后之邀請

1 全名揚・卡齊米日・瓦薩（John II Casimir Vasa），波蘭立陶宛聯邦時期的波蘭國王和立陶宛大公、名義上的瑞典國王，統治期間遭瑞典及莫斯科公國等入侵，波蘭史稱「大洪水時代」，國力至此衰微。他是波蘭立陶宛聯邦最後一位真正有皇室血統的統治者。

2 沃里尼亞（Volhynia）：立陶宛大公國的一省，一五六九年附屬於波蘭王國之下，成為皇城之一，直到一七九五年波蘭遭到瓜分為止，其省總督位於烏茨克。現為烏克蘭一省。

3 全名瑪麗亞・路易莎・貢扎加（Marie Louise Gonzaga），波蘭王后。波蘭國王瓦迪斯瓦夫四世之妻，三年後瓦迪斯瓦夫去世，其弟揚・卡齊米日繼位，並於隔年娶其為妻。

來到波蘭，擔任皇室御醫及皇室花園管理員。那時我無法拒絕這個邀請，除去找我的人畢竟身分高貴，也因為一些私人因素，不過贅言不需多提。剛到波蘭的時候我不太適應，因為不熟悉這個與我所知的世界相去甚遠的國家。我自認是個怪人，是個走出世界中心的人，而這麼做會發生什麼狀況應該很清楚了吧。我害怕異國風俗，也怕東方及北方民族的暴力傾向，但最怕的，是這裡難以捉摸的天氣、寒冷與潮溼。畢竟我記得友人勒內．笛卡兒[4]的命運。幾年前，他應瑞典女王的邀請，遠至斯德哥爾摩任職，卻在涼爽的北方宮殿裡患了感冒，於才華洋溢的黃金時期死去。這對科學界來說是多大的損失啊！我擔心同樣的事會發生在我身上，所以從法國帶了幾件最好的皮革大衣，不料才第一個冬天，我就發現那些衣服還是太過單薄，根本無法應付這裡的天氣。我很快就和國王成為朋友，他送給了我一襲長至腳踝的狼皮大衣。十月到四月間，我沒有一天不穿著它。我在這裡所描述的考察時間發生在三月，當時我也穿著這件大衣。讀者，我想你應該知道，波蘭的冬天，以及一般北方的冬天，可能相當嚴酷——想像一下，從冰封的波羅的海航行至瑞典，途中有許多冰凍池塘和河流，搭配狂歡節市集。說實話，植物學家在這裡並沒有太多時間可以做研究，因為這季節特別漫長，植物還埋藏於白雪之下。所以，不管我喜不喜歡，我都得和別人打交道不可。

我叫威廉．戴維森，是一名來自亞伯丁[5]的學者，但我在法國待了很多年，擔任皇家植物學家，並發表研究作品。那稱得上我職業生涯的巔峰。雖然我的作品在波蘭幾乎無人知曉，不過，就一個從法國來的新面孔，我在這兒還是無庸置疑備受讚譽。

究竟是什麼原因令我追隨笛卡兒的腳步來到歐洲邊陲呢？我很難簡明扼要地回答這個問題。我只是親眼目睹了這整件事。然而這起故事與我無關，所以我就不回答這個問題。我相信，故事本身比起微不足道的說書人更吸引讀者。

我為波蘭國王效力時，波蘭正面臨最糟情況，似乎所有邪惡力量都串謀在一起，對波蘭王國蠢蠢欲動。這個國家飽受戰爭摧殘，受瑞典軍隊蹂躪，東部還受

4 勒內．笛卡兒（René Descartes）：法國哲學家、數學家和科學家。被認為是現代哲學和代數幾何的創始人之一，其著名哲學陳述為：「我思故我在」。

5 亞伯丁（Aberdeen），位於蘇格蘭，亞伯丁大學是英國最古老的大學之一。

莫斯科[6]侵擾。心生不滿的農民已在羅塞尼亞[7]地區起義。也不知道是什麼神祕的巧合，一如這個飽受侵擾的不幸國家，其國王也受無數病痛折磨。他常倚靠酒精及女色抵禦襲來的憂鬱。儘管他不斷說著自己厭惡出行，渴望回到華沙，因為他心愛的妻子瑪麗亞．路易莎正在那裡等他，可是他矛盾的天性卻使他不斷走在旅行的路上。

我們的隊伍從北方緩慢推進，國王陛下在該處巡視，試圖與權貴結盟。那裡已經出現莫斯科軍隊的蹤跡，他們侵入了聯邦，再加上還掌控了西方的瑞典人[8]，似乎所有黑暗勢力都勾結在一起，並選中波蘭這片土地，當成無情戰爭的舞臺。對我來說，這是我在這荒蕪且偏遠的國家的第一次考察。我們一離開華沙郊區，我就開始後悔。畢竟，我是因哲學家和植物學家的好奇心驅使而來（背後還有另一個原因——優渥的俸祿），若不是因為這樣，我寧可待在家中，把時間花在那些舒心的研究上。

然而，即使在如此困難的條件下，我仍投身科學。自從我來到這個國家，就對某些地區特有的現象很感興趣，這個現象在世上已廣為人知，而在這裡更是普遍得超乎尋常。只要走在華沙較貧困的街道，就能在人們頭上看見——糾髮病[9]，波蘭辮子。這裡又名：以捲曲、稠密之髮組成的怪東西。它形狀各異，有像是繫繩的、狀似髮團的，或是長得像河狸尾巴的辮子。人們相信，這波蘭辮子充滿好與壞的力量，所以其主人寧死也不願意擺脫它。我會素描，所以我已握有許多關於這種現象的圖畫和描述，等我回到法國，就打算以此為題、發表研究。這個毛病以不同名稱聞名全歐洲，不過在法國或許最為少見，因為那裡的人非常重

6 通稱起源於莫斯科的大公國（Muscovy），此稱隨後也用在俄羅斯沙皇國（沙俄）。十七世紀時，俄羅斯進攻現烏克蘭東部地區，國界開始與波蘭立陶宛聯邦接鄰。

7 東歐的歷史地名，指東斯拉夫土地的西部，位置相當於現在的烏克蘭和白俄羅斯。

8 瑞軍第一次入侵波蘭，波茲南省長放棄大波蘭地區，之後其他地區也接連投降。瑞軍在一六五五年八月進入華沙且無人抵抗，波蘭國王揚·卡齊米日逃往西里西亞，整個國家幾乎都被拱手讓給了瑞典。

9 糾髮病（Plica polonica）是波蘭、韃靼和其他鄰國常見的地方現象。由一種好發於身體多毛部位（尤其是頭部）的慢性風溼神經疾病造成，導致頭部形成蓬亂骯髒的髮辮、不可逆的頭髮打結。在波蘭立陶宛聯邦中特別常見。

視自己的外表，他們永遠頂著一頭鬈髮。在德國，糾髮病被稱為 *mahrenlocke*、*alpzopf* 或 *wirezopf*。我知道它在丹麥被稱為 *marenlok*，在威爾斯和英格蘭則被稱為 *elvish knot*。有一次，我經過下薩克森[10]地區，聽說他們把這種頭髮叫做 *selkensteert*。在蘇格蘭，它是古代歐洲異教徒的古老髮型，在德魯伊[11]部落十分常見。我也讀到，在歐洲，糾髮病被認為是黑公爵萊謝克[12]統治時期，韃靼人[13]入侵波蘭帶來的。也有人假設，這種時尚是從印度流傳進來。我甚至聽過這樣的觀點：是希伯來人首先引入將頭髮結成氈狀髮包的習俗。還有一位聖人——納澤爾[14]，他就曾發誓，為了上帝的榮耀，絕對不剪頭髮。相互矛盾的理論如此之多，外加無邊無際的雪白大地。我先是因之精神恍惚，而後進入了創作興奮的狀態，並動手調查我們經過的每個村莊，察看糾髮病的情況。

在工作上，我獲得小瑞奇沃樂斯基的幫助。他是一位極具天賦的男孩，不僅是我的侍者兼翻譯，還幫助我進行研究。而我也不諱言，在這陌生的環境裡，他給予我不少精神上的支持。

我們騎馬出行。三月的天氣提醒我們現在既是冬天、又是早春，路上的泥濘交替凍融，成了可怕的泥漿。就如真正的沼澤地一般，我們載滿行李的馬車輪子不斷陷入。而刺骨的寒氣使我們看起來宛若一捆捆毛皮。

在這窮鄉僻壤、草木叢生的溼軟沼林中，人類的居住地通常相距甚遠，所以我們不得不在有霉味的莊園裡過夜。有一次，降雪延宕了我們的行程，我們甚至得在小客棧過夜。陛下必須隱姓埋名，喬裝成一個普通的貴族。我猶如帶著整間藥房上路，在中途停留的地方替國王陛下上藥，有時得在匆忙組裝的床板上放血。若環境許可，我還會為國王做鹽浴。

---

10 下薩克森（Lower Saxony）：今德國西北部地區，與荷蘭接壤。

11 德魯伊（Druid）是凱爾特文化中高階族群，是宗教領袖，同時也是醫生、教師、先知與法官，向人們宣揚靈魂不滅以及輪迴轉世的教義。

12 萊謝克二世（Leszek II the Black），又稱黑公爵，為波蘭最高的公爵，其統治期間遭遇第三次蒙古人入侵波蘭。

13 此指蒙古帝國擴張時期，隨蒙古進入歐洲的各草原遊牧民族。

14 納澤爾（Nazer），西元元年，他因傳播基督的信仰而受盡折磨，後來死在米蘭。

在我看來，所有皇室疾病中，危害最大的似乎是國王陛下宣稱從義大利或法國帶回來的宮廷疾病。雖然這種病沒有明顯病徵，也很容易隱藏（至少初期如此），不過它造成的後果通常非常危險且詭譎，而事實也證明，這種病會入侵腦部、迷惑感官。所以當時只要我來到國王陛下堂前，我就會堅持做汞療法，連續做三個星期天，但陛下總是找不到時間好好服汞，而且在外奔波旅行時治療的效果也不是很好。陛下所患的疾病中，最令我擔憂的就是痛風，雖然它是因飲食沒有節制所引起，易於防治。但是，就算只要禁食就可以對抗痛風，在旅行中卻難以執行。所以我並沒有為陛下做太多事。

國王在前往利沃夫[15]的路上會見了當地貴族，極力爭取他們支持，並告誡這些人他們是他的臣民，因為貴族的忠誠之心令人高度懷疑，他們向來只關心自己的利益，而非聯邦的利益。我們雖接受體面、奢華且高級的接待，但是我有時覺得，這裡的某些人認為國王是來乞求施捨[16]。這是一個什麼樣的王國啊！他們的統治者可是經由投票選出來的[17]！有誰見過這樣的王國呢？

戰爭是一種邪惡又可怕的現象——就算鬥爭本身並未觸及人們的家園，戰火卻蔓延四處，所到之處淨是破爛的茅草屋、飢餓、病痛與各種恐懼。人們變得心硬、變得冷漠。全人類的心思都被戰爭給改變——人人只為自己著想，只在乎自己如何生存。很多人因此殘酷了起來，對他人遭遇的疾苦麻木不仁。在這條從北方前往利沃夫的路上，我不知目睹多少由人造成的駭事，多少暴力和姦淫擄掠，多少難以置信的野蠻暴行：整個村莊被燒毀，田野也遭摧殘，成了休耕地；絞刑架隨處可見，彷彿木工之技藝只能用於建造謀殺和犯罪的工具；未被掩埋的屍體被狼和狐狸撕裂，只有火焰與劍在這裡有用武之地。我很想忘記這些畫面，但是就算我回到家鄉、書寫這些文字的當下，我還是擺脫不了，它們還是會在我眼前

15 利沃夫（Lviv），歷史上曾屬於不同的國家，在波蘭立陶宛聯邦時期，利沃夫是魯塞尼亞（Województwo ruskie）總督區的首府，現為烏克蘭西部主要城市。

16 該時期的眾議院由波蘭貴族（Szlachta）組成，貴族能在立法、外交、宣戰和稅收上否決國王，所以貴族的權力大於國王，實際上國家由貴族所控制。

17 該時期實施選王制（wolna elekcja）是波蘭立陶宛聯邦時期專用的特殊政體，此體制下王位無法世襲，而是由貴族組成的眾議院（sejm）選出下一屆國王。

浮現。

前線傳來的消息越見嚴峻，而二月恰爾涅茨基[18]的軍團在與瑞典的戈翁一役中戰敗，對國王的健康造成很大影響。最終，我們不眠不休花了兩天，才讓國王好好服下萬靈水及湯藥、恢復元氣。彷彿聯邦所受的疾病恰好反映在國王身上，兩者之間好像有種神祕連結。那場敗戰後，軍報甚至還沒送到，國王的痛風就發作，除了疼痛至極以外，還發了燒，好不容易才控制住病情。

我們距離烏茨克[19]兩天路程時，經過幾年前被柳別希夫[20]的韃靼人一把火燒盡的地方。當我們穿過潮溼茂密的樹林，我意識到世上恐怕再沒有比這裡更糟的地方，並後悔當初同意隨隊出行。那時我深深相信自己回不了家。面對這無所不在的沼澤地，面對潮溼的森林、低矮的天空、覆著薄冰的水坑，恰如躺在大地上的巨人的傷口，所有人無論衣著簡陋或華麗，無論國王、領主、士兵或農夫，都是如此渺小，什麼也不是。我們目睹教堂被火吞噬的牆，當初韃靼野人把村民關在裡頭、活活燒死；我們看見絞刑架組成的森林，還有山麓小丘——因為焦黑的動物、人類屍骨，遂成漆黑一片。直到那時我才真正明白國王出行前往利沃夫的目的：在這可怕的時期，聯邦正被外部力量分裂，他把國家託付給耶穌基督之母，給予最受敬仰、最受讚揚和崇拜的聖母瑪利亞保護，以這種方式求她向上帝代禱[21]。一開始，我覺得這種對聖母的寄託很怪。我常有一種感覺，覺得這裡的人都崇拜著某種異教神靈——請別把這解讀成我褻瀆神——而上帝本人和他兒子則在瑪利亞的隊伍中，謙恭地替她捧著絲帶。這裡路旁每座供奉瑪利亞的小神龕都閃爍燭光，所以我十分習慣她的形象。當我們飢寒交迫地躺在床上，我不禁也在那些糟透的夜裡向她禱告。雖然耶穌基督才是萬物之主，我們卻在心中認

---

18 斯特凡．恰爾涅茨基（Stefan Łodzia de Czarnca Czarniecki）：波蘭民族英雄，多次與瑞典交戰，化解揚．卡齊米日時期波蘭的覆滅危機。

19 烏茨克（Lutsk）：現烏克蘭西北部的城市，沃里尼亞州首府。

20 今烏克蘭西北部的城市。

21 一六五六年，波蘭國王揚．卡齊米日在利沃夫立下誓言，封聖母瑪利亞為波蘭王后，將共和國託於聖母的庇護之下。誓言目的為煽動民族起義對抗侵略者，並保護天主教信仰的必要性，同時承諾擺脫占領後會改善下層人民的生活。

定，瑪利亞就是這個國家的領導者。現在，除了把一切寄託於更高的力量，已別無他法。

國王痛風病發的那天，我們落腳於烏茨克地區侍從官[22]海依達莫維奇先生的領地。那是一座建在沼地乾燥岬角上的木造莊園，周圍環繞樵夫的小屋，還有幾間農夫和僕人的住處。那天，國王陛下沒吃晚餐便直接就寢，卻睡不著，我只好用我調製的藥水助他入眠。

第二天清晨，陽光和煦，為了縮短繼續前行的等待時間，破曉後不久，幾名隨從的武裝侍衛便先啟程，進入灌木叢林。他們有如重獲自由的野生動物，一下子就從我們的視線裡消失。我們本期待午餐會有鮮嫩的鹿肉或是雉雞，獵人卻帶回了不平凡的獵物，人人嚇得目瞪口呆，無一例外。而我們還睡眼惺忪的國王立刻清醒過來。

是兩個又瘦又小的孩子。他們衣衫襤褸——甚至比襤褸還糟。他們穿著破爛不堪的粗布，而且沾滿泥巴，頭髮也纏結在一起。這讓我眼睛為之一亮，因為這是糾髮病的完美範例。這兩個孩子像鹿一樣被捆起來綁在馬鞍上。我擔心這樣會傷到他們，那乾瘦的骨頭會就這樣被折斷。全副武裝的侍衛解釋道，那是因為孩子又咬又踢，所以實在是不得已才這樣做。

陛下用完早膳後還得服下草藥，這些草藥有望讓他心情好轉。我走向那兩個孩子，首先命人把他們的臉洗乾淨，然後靠近他們、仔細端詳——同時也很小心，以免他們趁機咬我。以身高來看，我會說他們大概一個四歲，一個六歲；但若以牙齒的情況來判斷，我認為他們的年紀要大一些，雖然牙齒看起來很小顆。女孩子比較壯碩，也比較有力；男孩卻十分瘦弱嬌小，不過精力充沛、非常活潑。然而，最吸引我的是他們的皮膚，那是我從未見過的奇怪色調——既不是青豆的綠，也不是義大利橄欖的綠。一坨坨雜亂糾結的頭髮垂在他們臉上，顏色很淡，彷彿上了一層綠色塗料，看起來就像長滿青苔的石頭。小瑞奇沃樂斯基告訴我，那兩個綠孩兒（我們是這樣叫他們的）一定是戰爭之下的受害者，他們在樹

22 莊園制度下，負責打理與君主有關事務的官員，且在貴族議會（sejm）審議、旅行和軍事出征期間協助國王一切事物。

林裡，由大自然養育長大，就像我們常聽到的狼之子——羅穆盧斯與瑞摩斯[23]的故事。所謂大自然的範圍非常廣闊，人類那小小地皮與之相比，根本微不足道。

有一次，國王問我大自然是什麼——那是在我們從莫吉廖夫[24]出發、行經大草原時，遠處地平線上被燒毀的村莊還冒著煙，不過很快就隱沒在樹林中。我根據自己的信念回答他：自然就是除了人類以外周遭的一切，也就是除了我們和我們的創造物以外的一切。那時國王眨了眨眼，好像在做視力檢查。至於他看到了什麼，我並不知道，他只是回應：

「那麼也沒有什麼大不了的。」

我相信這就是生長在宮廷裡的雙眼看到的世界。習慣了欣賞威尼斯閃亮織物的線條、土耳其基里姆[25]的精緻梭織品、磁磚拼貼和馬賽克。當他們望向自然界中複雜的一切，將只見一片混沌，只會覺得那沒有什麼大不了。

◆

每場大火都致使大自然奪回那些被人類奪走的事物，同時也大膽地向人類伸出手，企圖讓他們回歸自然。但是看著這些孩子，你或許會懷疑，是否真有什麼天堂存在於自然之中——又或許更像地獄。因為他們是如此野性難馴。國王陛下對那兩個孩子異常感興趣。他下令把他們綁在行李上，這樣就能與我們一同前往利沃夫，並在那裡徹底地接受檢查。但最後他放棄了這個念頭，因為情勢突然有了變化。

陛下的腳趾腫得厲害，連鞋子都穿不上去。他感到劇烈疼痛——我看到國王臉上冒出許多汗珠。當我聽到這個偉大國家的統治者放聲大哭，背脊不禁有陣涼意，就更無法提出我想要離開的事。我讓國王陛下待在火爐旁，準備好敷布，並下令所有不需要知道國王病情的人離開。把那兩個不幸在森林裡被抓的孩子帶

23 羅穆盧斯與瑞摩斯（Romulus and Remus）：羅馬神話中戰神馬爾斯與祭司西爾維亞所生的雙胞胎，因故被拋棄，流落野外，傳說由母狼飼育長大。

24 莫吉廖夫（Mogilev），現位於白俄羅斯東部的城市。

25 基里姆（Kilim）：梭織花紋地毯，流行於曾屬於波斯帝國的地區。

開時，他們如羔羊般被綑綁，女孩卻奇蹟似的從僕人手中逃脫，撲向陛下疼痛的雙腳。她開始用自己纏結的頭髮搓揉國王的腳趾，而深感訝異的統治者則以手勢示意允許她這麼做。過了一會兒，陛下的腳竟然不那麼痛了，他因此大吃一驚，下令讓孩子吃飽喝足、穿上衣裳，終於像對人一樣對待他們。然而，在我們收拾行李時，我天真地伸出手想撫摸男孩的頭——是的，就像每個國家的人都會對孩子做的那樣。於是我的手腕被狠狠咬了一口。他咬得很大力，甚至流出血來。我怕會得類似狂犬病的病，所以跑到附近的小溪邊清洗傷口。在水邊，我在那滿是泥濘又溼滑的岸邊沒站穩腳步，滑了一大跤，整個人摔倒在小木橋上，就在那瞬間，橋邊的木頭就倒下壓在我身上。腿上的陣陣劇痛讓我發出動物般的嚎叫。我還來不及意識到情況有多糟就昏了過去。

當我恢復意識，小瑞奇沃樂斯基正拍著我的臉。我看到莊園的天花板，周圍有一張張焦急的面孔，包括國王陛下。所有畫面都被詭異地拉長，搖晃且失焦。

然後我才知道我發了燒，而且昏迷了很長一段時間。

「看在上帝的份上，戴維森，你到底對自己做了什麼？」陛下俯身，充滿關切地說。他旅行用的假髮髮輕拂過我胸膛，可是就連那輕柔的觸碰也讓我疼痛不已。不過即使在這種時刻，我的注意力還是沒有分散，我發現國王陛下的臉色好轉，汗珠也消失，他正好好地穿著鞋子站在我面前。

「我們得上路了，戴維森。」他擔心地對我說。

「不帶上我嗎？」我驚恐地呻吟說道，因疼痛和害怕顫抖不停，怕他們會把我丟在這裡。

「你很快就會在這裡見到最優秀的利沃夫醫生……」

比起肉體上的痛苦，我更是因為絕望而啜泣。

我含淚向陛下告別，他的隊伍繼續前進，卻沒有我一起！他們留下小瑞奇沃樂斯基和我作伴，這至少減輕了我的一些痛苦。我們被託給侍從官海依達莫維奇先生的管家照顧。或許是為了安慰我們吧，綠孩兒也被留在莊園。或許是為了讓我在得到救援前能有些事做。

我的腿似乎斷了兩次，而且斷得很棘手，有一處骨頭還刺穿了皮膚，需要高明的醫術才能把它接回去。雖然我聽說過有人在這種狀況下自行截肢，但我根本無法照顧自己，因為我馬上又昏了過去。國王上路前特意先派人去下令，要利沃夫最好的醫生立刻過來這裡，但我覺得最少也需要兩週時間，他才能抵達。現在這種時候必須盡快把腿接回去。在這潮溼的氣候下，如果傷口長了壞疽，我就再也看不到被我拋在身後的法國宮廷了。在這樣關鍵的時刻，我認為法國就是現實世界的中心，是失落的天堂，是我夢中最美麗的地方。我也無法再多看幾眼蘇格蘭的山脈了……

幾天以來我一直在服用止痛藥，也就是我為國王治療痛風的藥劑。最後，從利沃夫來了一個信使，卻沒有醫生，因為他在途中被一夥韃靼人殺了。這片土地上有很多這樣的韃靼人。信使向我們保證很快就會有其他醫生抵達，他還帶來了國王安全抵達利沃夫的消息。他在利沃夫大教堂莊嚴鄭重宣誓，將波蘭共和國交付於天主之母，保護國家免受瑞典人、莫斯科人、赫梅利尼茨基[26]的侵略，免於那些如狼撲瘸鹿那般攻擊波蘭的一切勢力。雖然我知道陛下有很多麻煩，但令我開心的是，國王的禮物也和信使一起到來：一壺上等醇酒，幾瓶萊茵葡萄酒，一頂毛皮帽子和法國肥皂——這最後一件物品最令我滿意。

我認為世界是由圍繞著一處的圈所組成，而在這個所謂的世界中心，會隨時間推移而變化——過去曾是希臘、羅馬、耶路撒冷，現在無疑是法國，或者更確切地說，是巴黎。而且，你可以用圓規在這個圈外再畫圈。道理很簡單：離中心越近，一切似乎越真實、越可觸及；越遠，世界分裂得越厲害，就像是一塊布沾了水，水分將會蔓延、浸透布料。而且，這個世界中心微微高起，所以想法、時尚和發明乃至一切，都會自它向外流，首先浸透較近的圈，然後是外面一點的圈。可是漸漸弱化後，最後只會有一小部分抵達最遠處。當我躺在海依達莫維奇的莊園裡，便意識到了這一點，沼澤某處無疑是最後一個可能的圈，離世界中心十分遙遠，好比被放逐到托米斯的奧維德[27]那樣孤獨。我為之狂熱，甚至可以寫

26 博格丹．赫梅利尼茨基（Bohdan Khmelnytsky）領導波蘭哥薩克戰爭，成立烏克蘭哥薩克國。

27 全名普布利烏斯．奧維修斯．納索（Pūblius Ovidius Nāsō），英語世界中稱他奧維德（Ovid），奧古斯都時期的古羅馬詩人，被放逐到托米斯直至去世。古羅馬文學的經典詩人之一，著名作品為《變形記》。

出一部關於「圈」的偉大作品，就像但丁的《神曲》（*Divina Commedia*）[28]——但不是在冥府，而是在人間。我可以寫那些關於歐洲的圈子，每個圈都在不同的罪孽中掙扎，受到不同的懲罰。這不失為一齣充滿隱藏遊戲與分裂聯盟的偉大喜劇，是一部在演出過程中角色會發生變化的喜劇，最後誰又是誰，已難以分辨，*qui pro quo*。這故事描述某些人的狂妄自大、他人的自私冷漠；書寫少數人（然而或許比想像更多）的勇氣與犧牲。在這個被稱為歐洲的場景中，有戲份的角色不會如某些人希望的那樣因為宗教而團結，因為宗教反而造成分裂，即使在今日的戰爭，只要注意因宗教犧牲的屍體有多少，就很難不去承認這個事實。相反地，在這部喜劇中，他們將因其他原因團結在一起，因為結局必須是快樂的、是好的——這部曠世巨作中的常理和理智值得倚靠。上帝給了我們感官和理智，讓我們以此探索世界，增長自己的見聞。歐洲正是理智發揮作用之處。

我比較清醒的時候，這些想法會在我腦中盤旋。然而，接下來大部分時間裡我都處於高燒昏迷，利沃夫醫生遲遲未出現，莊主在負責照顧我的小瑞奇沃樂斯基同意下，把一名女子送進沼澤地，隨後她帶著一個啞巴幫手出現，先把一瓶靈藥倒進我嘴裡，然後抬起我的腿，把斷了的骨頭接回去。這全都是事後我的小伙伴滿懷興奮告訴我的，因為我什麼也不記得。

手術後，當我恢復意識，太陽已經高掛天上。復活節很快就要到了。海伊達莫維奇莊園來了一位神父，他在宅院旁的小教堂裡進行復活節彌撒，我心焦如焚的朋友告訴我，他們在彌撒時替綠孩兒施洗，而且還說，現在莊園裡大家都在討論，都是這兩個生物在我身上施咒，才會造成我這般不幸。我不相信這種胡說八道的言論，並禁止大家繼續以訛傳訛。

某天晚上，瑞奇沃樂斯基帶著那個小女孩來找我。她的衣著乾淨、整潔，人也很平靜。在我的同意下，瑞奇沃樂斯基命令她用纏結的髮束揉一揉我受傷的腿，就像她之前對國王做的那樣。我痛得嘶聲叫喊，因為就連被她的頭髮碰到，我都覺得疼痛不已。然而我仍勇敢忍耐，直到疼痛緩和，腫脹似乎也消退。然後她又照這樣做了三遍。

---

28 但丁·阿利吉耶里（Dante Alighieri）：文藝復興三傑之一，著名作品為史詩《神曲》。

幾天後，春天開始變暖，我也試著站起來。這裡替我製造的拐杖十分好用，所以我便走到門廊，在那呼吸我朝思暮想的清新空氣，就這樣度過整個下午。我細細觀察著這幢有些陳舊簡陋的侍從官邸，看著莊園中的熙來攘往。不可否認，這座莊園不但寬敞，也富麗堂皇，但馬廄和穀倉似乎來自更遠的文明圈。而我悲傷地意識到：我還會被困在這裡很久很久。為了挺過這段被流放的日子，我必須找些事情做。因為只有這樣，我才不會在這個土地又溼又軟的潮溼國度深陷憂鬱。同時我也悄悄希望，或許善良的上帝有朝一日能讓我回到法國。

瑞奇沃樂斯基帶來了海伊達莫維奇收留的那兩個野孩子，不知道在這片荒野、在戰爭期間該如何處置他們。他期待國王陛下可能會領走這兩個孩子。孩子被鎖在倉房的一樓，那裡有很多被需要和不被需要的東西。因為牆壁是用木板湊和，孩子們便從木板間的縫隙窺看，目光隨著莊園裡的人移動。他們蹲在屋子前面狼吞虎嚥地用手吃飯，可是因為不知道肉是什麼，便把肉吐了出來。他們也不知道床或水。若被嚇到，會倒在地上，以四肢著地走路，並試圖咬人。被斥責時，他們會把自己縮成一團，久久不動。他們會用嘶啞的聲音互相交流。每當黜陽高照，他們便脫去衣服，曝在陽光的溫暖之中。

小瑞奇沃樂斯基認為，這兩個孩子應能成為我的工作和消遣，畢竟身為學者，我想研究、記錄他們的一切，而這也能幫助我注意力別老在斷腿這件事上打轉。

小瑞奇沃樂斯基說得沒錯。看到我被咬傷而用紗布包纏的手，以及被石板夾著、不良於行的腿時，那些小怪人似乎感受到某種悔悟。隨著時間推移，女孩對我產生了信任感，願意讓我進行更仔細的研究。豔陽下，我們坐在被陽光照得暖烘烘的木造倉房牆前，四周一片生意盎然，無所不在的潮溼味全然消失。我輕輕把女孩的臉轉向燈，在手裡捋了幾綹她的頭髮——感覺很暖和，像羊毛一樣。然後我聞了聞，確實有苔蘚的味道，好似頭髮上長了一些地衣。我近距離看她皮膚，發現上面布滿了深綠色的小點。在仔細檢視前我還以為是汙垢。我和瑞奇沃樂斯基都相當驚訝——我們認為她身上有著植物的特性，也懷疑這就是她脫衣晒太陽的原因。因為就像植物需要陽光，她也需要藉由皮膚吸收陽光、以獲取養分。除此之外，她並不需要吃很多東西，小塊麵包對她來說就很足夠了。不管怎樣，我們喊她奧許露德卡——這個名字的發音對我來說很難，但聽起來很不錯，意思是鬆軟的麵包內部。若是有人吃了一片麵包的中心，就會剩下沒吃掉的麵包皮。

瑞奇沃樂斯基對綠孩兒越來越著迷。他告訴我他聽見了那個女孩在唱歌——他所言並不假，但那更像咕嚕聲。不過這也意味著他們的喉嚨很正常，沒有說話能力則是另一個本質上的問題。我也確認過了。就身型而言，他們和普通孩子並無二致。

「或許我們抓到的是什麼波蘭的精靈？」我開過一次這樣的玩笑。小瑞奇沃樂斯基則氣鼓鼓地說我是否把他當成孤陋寡聞之人，因為他才不相信這種事。

莊園的居民對於如何處理波蘭辮子——也就是糾髮病——看法不一，而這辮子竟是綠色的！人們普遍認為，纏結的頭髮是生物內疾表現出的外在症狀。他們一口咬定，如果把辮子剪掉，疾病就會回到體內，導致宿主死亡。其他人——包括侍從官海伊達莫維奇本人，因為他自認明辨事理——都認為應該要剪掉，因為它是蝨子和其他害蟲的藏身處。

侍從官甚至命人拿來剪羊毛的剪刀，要把孩子的綠色髮球剪掉。嚇壞的男孩躲在他手足身後（我自己認為那是他的手足無誤），但女孩似乎在笑，甚至有些傲慢無禮。她走上前盯著侍從官看，直到海達莫維奇不再干涉此事，她才收回目光。那時，她的喉嚨發出野獸般的低吼，並且張開雙唇、露出尖牙。她的目光中有著某種不解，好像不太明白我們的秩序是什麼模樣。她注視我們，好比注視動物，有那麼點逼人。另一方面，她眼裡也露出一股出乎意料的自信，如成年人那般。因此有那麼一瞬間，我在她身上看到的不是孩子，而是一個發育不良的老太婆。我們脊背一陣發涼，最後，侍從官終於下令放棄為他們理髮。

不幸的是，他們在那宛如雞舍的木教堂受洗不久，男孩就在晚上生病了。而最令人咋舌的是，突然之間他就命喪黃泉。一整批僕人立刻認為他是邪惡的象徵——畢竟如果不是魔鬼，聖水怎麼會殺死人？但他又不是馬上死去……好吧，惡會為己而戰。總而言之，似乎有更高強的力量插手綠孩兒一事。

就在這天，莊園周圍的沼澤發出奇怪的鳴叫聲，既不是鳥，也不是青蛙，聽起來有如殯葬樂隊。孩子小小的身體被洗淨後穿好衣服，放上靈床，床鋪周圍點滿蠟燭。身為醫生，我被允許在過程中再次檢查屍體，看著這幼小的孩子，我的心跟著揪了一下。我一直到目睹了他的裸身，才在他身上看見一個孩子的樣貌，而不是什麼怪異生物。我也想過，這個孩子應該就像其他生物，也有父親和母親，但他們現在在哪裡？他們想念他嗎？會擔心嗎？

我很快就將醫生學者不必要關注的情緒按耐下。經過仔細檢查後，我得出結論——這孩子一定是太早泡進冰冷的溪水，因而受到傷害、結果死亡。他並沒有什麼奇怪之處，除了膚色以外。但我認為，這是長時間待在森林和大自然的能量中造成的。顯然這會使得皮膚與周遭環境變得相似，就像有些鳥的翅膀像樹皮、蚱蜢外貌像草一樣。大自然充滿了這樣的對應關係，被創造成無論何種問題都有其天然解藥。我所效仿的大師——偉大的帕拉塞爾斯[29]就寫過此事。如今，我也這麼告訴小瑞奇沃樂斯基。

男孩死後的第一個晚上屍體就不見了。那些在他身邊守夜的女人似乎被香火薰得昏沉，午夜過後就跑去睡覺，等到黎明時分，她們起床，屍體已不翼而飛。整個莊園的燈都被點亮，我們被叫醒，恐懼和驚慌降臨在每個人身上。僕人間立刻出了傳聞，說小綠魔藉魔力裝死，趁靈床無人守候時復活，回森林去了。其他人還說，他可能會因為之前被囚禁而想要報復，所以人們紛紛將門閂拉上，眾人焦慮不已，有如受到威脅、覺得韃靼人即將入侵。我們嚴加看守奧許露德卡，她卻異常冷漠，穿著一身破爛的衣服，整個人髒兮兮。這讓人對她心存懷疑。我和小瑞奇沃樂斯基仔細檢查所有線索：房間只有地板上出現幾道痕跡，彷彿屍體遭到拖行，而恐慌氣氛則在外頭發揮了作用，什麼都看不出來了——所有線索都被踐踏破壞。葬禮取消，瑪利亞塑像被清理乾淨，蠟燭被收進箱裡，等待下一次再拿出來使用——只願這個機會不會太快到來！這幾天，我們像被圍城一般住在莊園裡，可是這次恐懼襲來並非因為土耳其人或莫斯科人，而是一種奇怪的氛圍。某種像是綠色落葉、散發泥土和地衣臭味的恐懼；某種黏稠而無聲的恐懼。攪動我們的思緒，將之導向蕨類植物，引去無底沼澤。昆蟲似乎正注視著我們，而我們把森林裡的神祕聲音都當成呼喚和哀悼。所有人——包括僕人和工人——都聚

29 帕拉塞爾斯（Paracelsus），文藝復興時期的德國醫生、煉金術士與占星師。他將煉金術與醫學結合，成為今日的醫療化學。

集在被稱為「公室」的主屋裡，我們在那兒毫無胃口地吃著簡樸的晚餐、喝著烈酒，但不是為了助興，而是因為恐懼和擔心。

春天蓬勃的生機從周遭的森林湧現，接著溢出至沼澤，沼澤地很快就被粗莖上的花朵、各種形狀和顏色非比尋常的睡蓮，以及我不知其名的大葉漂浮型植物染成黃色。身為一名植物學家，我感到羞愧難當。小瑞奇沃樂斯基盡力為我找樂子，但在這種情況下還能想出什麼新招？我們這裡沒有書，而少量的紙和墨只能讓我畫些植物。我的目光越來越常逗留在女孩——也就是奧許露德卡身上。如今她失去手足，開始與我們為伴。她特別喜歡小瑞奇沃樂斯基，總跟著他到處跑，這讓我甚至開始懷疑自己是否錯估了她的年紀。因此我試圖在她身上找出一些青春期女性特質的跡象。但她的身體像孩子，很瘦，而且沒有任何曲線。雖然海伊達莫維奇家給了她一套漂亮的衣服和鞋子，但只要一出門，她便小心翼翼地脫下來，整齊地疊在牆邊。我們很快就開始教奧許露德卡說話和寫字。我畫了動物給她看，希望她能發出聲音。她看得很認真，但我覺得她的目光彷彿就只是飄過紙面，並未觸及到內容。當她把木炭拿在手裡，她會在紙上畫一個小圓圈，但很快便感到無聊。

我必須為小瑞奇沃樂斯基寫幾句話。他的名字叫菲利克斯，而這個名字準確地詮釋了他這個人。因為他無論在任何情況下都很快樂，總是有著好心情，總是充滿善意，就算有些可怕事件曾經發生在他身上：莫斯科人屠殺了他全家，把他父親開腸剖肚，殘忍強暴他的姊妹和母親。我不知道他是如何挺過來，甚至精神健全。他從沒流過一滴淚，也不受任何憂鬱情緒影響。他從我這裡學到了很多，所以國王陛下安排他和一名優秀的老師在一起——如果這樣描述我自己不至僭越。而這番心血並沒有白費。要不是發生了我接下來要講的事，這個身材嬌小輕盈、手腳敏捷、聰明機靈、有著藍眼的人，本有機會成就一番大事業。然而此時，小瑞奇沃樂斯基因波蘭食物而變得笨重，甚至走不到比院子還遠的地方，說到糾髮病，他比我還感興趣。而他，就在這裡，在海伊達莫維奇莊園裡，已和奧許露德卡合而為一。

◆

七月炎夏，我們從信中得知，我們已將華沙從瑞典人手中奪回，我以為一切都會恢復原狀：我會恢復健康，與陛下重逢，並照顧他的痛風。國王陛下岌岌可危的健康狀況目前由另外一位醫生負責，這讓我很是擔心。我想對國王施用的水銀療法還鮮為人知。波蘭的醫學知識和應用實在是無法對症下藥。那些醫生渾然不知現代解剖學和藥學的發現，還在用古法治療，這更像是民間智慧，而非實際研究的結果。若我與自己的信念相悖，那我就成了偽善之人。即使是在最雄偉的路易十四宮廷裡，援用不實發現與研究的江湖郎中亦比比皆是。

不幸的是我的腿沒癒合好，還是無法站立。那個女的會來（那名巫醫，他們這樣叫她），在我軟弱無力的肌肉抹上一些難聞的棕色液體。當時傳來了壞消息：瑞典人再次攻占華沙，並無情掠奪這座城市。我因此想到我的命運。我會在這片沼澤中等待康復並不是沒有理由的，這是上帝為了讓我遠離暴力、戰爭和人類的瘋狂，一切才注定這麼發展。

大約在這沼澤地上隆重慶祝聖克里斯托福[30]節兩週後——可以理解，因為這位聖人曾揹小耶穌過河——我們第一次聽到奧許露德卡的聲音。她先和小瑞奇沃樂斯基交談，當他驚訝地問她為什麼到目前為止都沒說話，她回答並沒有人問過她任何事情。就某方面來說確實是這樣，因為我們認為她不會說話。我很遺憾自己波蘭語懂得不多，不然我會立刻問她一堆事情。可是就連瑞奇沃樂斯基也很難聽懂她說的話，因為她說的是某種羅塞尼亞當地的方言。每當她說出一個詞或短句，目光便會逗留在我們身上，彷彿正在測試詞語的力量，或是要求我們進行確認。她有著一副不適合她的嗓音——低沉、男性化，總之絕不是小女孩會有的聲線。當她用手指著東西說出「樹」、「天空」、「水」，總讓我感覺很不自在，因為這些單純基本的詞語聽起來猶如來自現實之外。

◆

30 天主教聖人，被視為司機與旅人的守護者。

時序正值盛夏，沼澤都已乾涸，卻沒有人為此開心。沼澤變得很好通行，流氓和土匪因戰火連綿而變得肆無忌憚，這使得海伊達莫維奇人不斷受到攻擊——在這種時期，實在很難分辨誰和誰一伙、誰站在哪一邊。有一次，莫斯科人襲擊我們，海伊達莫維奇不得不跟他們談條件，並付給他們贖金。還有一次，我們回擊了一批軍事叛亂分子的突襲。當時小瑞奇沃樂斯基也抓起一把槍，射殺了幾名匪徒，這舉動對他來說十分有英雄氣概。

我對每一位到來的皇家使者心懷期盼，希望陛下會把我帶回他身邊。但這件事沒有發生。隨著戰爭持續，陛下英勇地隨軍征戰，或許早已忘了他的外籍醫生。我幻想自己沒被召見，就直接啟程上路，而且是在我還不能自己騎馬的時候。我陷入悲憤和惘然，坐在板凳上，看著一天過一天，奧許露德卡身邊聚集了越來越多莊園裡的年輕僕人、農民的孩子，有時還有年輕女士和海依達莫維奇的女孩。大家都在聽她說話。

「他們在那裡談些什麼？到底在說什麼？」我問了瑞奇沃樂斯基，他先是偷聽，後來則公然加入了這個奇怪的團體。當他服侍我就寢，會把一切告訴我，並用他的小手在我癒合的傷疤上塗抹巫醫的臭藥膏，事實證明，這藥膏非常有幫助。

「她說，沼澤遠處的森林有一片大地，那裡的月亮與太陽會用等亮的光照耀大地，他們的太陽比我們的要暗。」他的手指輕輕撫過我可憐的肌膚，為了讓血液能夠循環，他一下一下地揉著我的大腿。「這片土地上的人住在樹上、睡在洞裡。在有月光的日子，他們會爬上樹頂，在那裡將赤裸的身體暴露於月光下，皮膚因此呈綠色。由於這種光，他們不用吃太多東西。對他們來說，有森林裡的漿果、蘑菇和堅果就足夠。而且因為在那裡不需要耕作或建造房屋，每項工作都是為了開心而做。那地方沒有統治者或領主，也沒有農民或牧師。如果打算要做什麼事，他們會聚在一棵樹上，提出建議，然後在深思熟慮後去做決定下來的事。如果有人躲著其他人，他們就讓他一個人待著，不去打擾，反正無論如何他都會回來。倘若喜歡上一個人，就和他待在一起一段時間，當這種感覺退去，就去找別人。孩子就是這樣來的。而當這樣的孩子出現，他會把每個人當作父母，每個人也都樂於照顧這樣的孩子。有時候，當他們爬上最高的樹，我們的世界便在遠處若隱若現。他們會看到燒毀村莊的煙霧，聞到燒焦屍體的惡臭。那時，他們便會快速溜回樹葉底下，因為他們不想被這種景色髒了眼睛，也不想被這種氣味弄壞鼻子。我們世界的光明讓他們既厭惡又排斥，看作海市蜃樓，因為沒有韃靼人或莫斯科人到過他們那裡。他們認為我們是不真實的。我們是一場噩夢。」

瑞奇沃樂斯基曾經問過奧許露德卡，他們是否相信上帝。

「上帝是什麼？」她以問題回答了問題。

這對每個人來說都很奇怪，但也很吸引人，沒有「上帝存在」這種覺察的生活——可以更簡單些，也沒必要問自己這些惱人的問題，例如：為什麼善良、仁慈又全能的上帝要讓所有受造物遭受這麼多苦難。

有一次，我叫瑞奇沃樂斯基問這個綠色的人怎麼過冬。當天晚上，他帶給了我答案，揉著我可憐的大腿對我說他們根本沒有注意過冬天，因為當第一陣寒意到來，他們就會聚集在最大的樹最大的洞裡，像老鼠一樣相互依偎、進入夢鄉。茂密的苔蘚會逐漸覆蓋，保護他們不受寒冷侵襲。除此之外，洞口還會長滿大蘑菇，所以從外面便看不見他們。他們的夢有個特性，就是相互共通。也就是說，如果有一個人做夢，另一個人就能在自己腦中「看見」這個夢。這樣他們就永遠也不會無聊。歷經冬天，他們會變得很瘦。所以當第一個溫暖的春月升起，每個人都會到樹頂上，把蒼白的身體曝晒在月光下一整天，直到身體變成健康的綠色。他們也有一套和動物溝通的方式，而且因為他們不吃肉也不獵食，所以動物會和他們成為朋友，並給他們幫助。據說，動物甚至會講自己的歷史給他們聽，如此一來，這些人就變得更聰明，也更了解自然。

對我來說，這一切就像民間傳說故事。我甚至開始懷疑這是不是瑞奇沃樂斯基自己想出來的。所以某天，我在一個僕人的幫助下偷偷溜進那群人中，偷聽奧許露德卡說話。

我不得不承認女孩談吐十分大膽生動，所有人都靜靜聽著，我卻沒辦法肯定瑞奇沃樂斯基有無在這些故事裡加油添醋。有一次，我叫瑞奇沃樂斯基問她關於死亡的問題。瑞奇沃樂斯基帶回這樣的答案：

「他們認為死亡是水果；他們說人是水果，而動物會吃掉它。這也是為什麼他們會把死者綁在樹枝上，並等著森林裡的動物和鳥類來爭相吞食。」

八月中旬，當沼澤又更乾涸、道路變得更硬，我等候已久的國王信使終於抵達海伊達莫維奇。他帶來一輛舒適的馬車、幾位武裝人馬，以及給我的信和禮物：新衣和好酒。我被皇室的慷慨感動落淚，開心不已，因為再過幾天我就能啟程回到我的世界。我瘸著腿，跳上跳下，一次次親吻瑞奇沃樂斯基。我真是受夠了這座用以藏身的森林與沼澤之間的莊園，受夠了腐爛的樹葉，受夠那些蒼蠅、蜘蛛、蟲子、青蛙、各種甲蟲，也受夠了無所不在的潮溼，受夠爛泥的味道，受夠了迷惑人心的濃厚綠色氣息。這一切的一切都讓我感到乏味。我據實寫了一篇關於糾髮病的文章，也認為自己大大提升了它的可信度。我還描繪了一些當地的植物。可是除此之外，這裡對我來說還剩下些什麼呢？

小瑞奇沃樂斯基並不像我對即將離開感到高興。他開始坐立不安，還會不時消失。他只告訴我說晚上要去菩提樹下聊天，還說他正在做自己的研究。我應該要猜到，只是我沉醉在即將離開的事實中，所以什麼都沒預料到。

九月的頭幾日是滿月，我總是在滿月時睡不好。月亮在森林和沼澤上方升起，大到足以喚醒恐懼。這是我們離開前的最後幾晚——雖然我一整天都在收拾植物標本，很是疲憊，卻仍輾轉難眠。我似乎能聽到房裡某處有些竊竊私語聲，及小腳輕快的腳步摩擦地面，還有門鉸鏈發出警告的嘎吱。我以為那些都是幻聽，但到了早上才發現不是。莊園裡所有孩子和年輕人都消失得無影無蹤，包括侍從官的小孩，四女一男——一共三十四人。這個聚落所有的後代子孫……只有被抱在母親胸前的嬰兒留下。我俊俏的小瑞奇沃樂斯基也失蹤了。我還以為他會與我並肩立於法國的宮廷中。

那天是海依達莫維奇的末日，婦女的哀嘆響徹雲霄。眾所皆知，韃靼人會俘虜孩童，但人們很快就否定了這個想法——這一切太過安靜。他們開始假設某種不潔的能量正在作用。釤刀、鐮刀還有劍，男人把能用上的東西都磨利。他們次次道別，從中午時分就結夥出發、尋找失蹤者，然而什麼也沒找到。傍晚時分，雇農在離莊園不遠的森林裡發現一具高掛在樹上的孩子屍體，不禁發出淒厲的尖叫聲。因為從身上的壽衣可以認出，那正是春天時死去的綠孩兒。現在他的軀體已所剩無幾，因為鳥兒完成了牠們的工作。

聚落裡所有嶄新和年輕的事物盡皆消失——未來亦同。海伊達莫維奇周圍的森林矗成一堵牆，有如世上最強大王國的軍隊，而今他的傳令兵彷彿正在宣布撤退。撤往哪裡？撤往世界上最後一個無限大的圈裡，超越樹葉陰影，超越光點，進入永恆的影子裡。

我又等了三天，等待小瑞奇沃樂斯基回來。最後我留了一封信給他：「如果你回來，無論我在哪裡，請來找我。」三天之後，我們在海伊達莫維奇，心中深知再也找不到那些年輕人。他們已經離開，去了月世界。皇家馬車一動，我便哭了起來。不是因為那條還未復原的腿，而是因為某種深刻的情緒。我正在離開世界的最後一個圈，離開它那令人反感又溼漉漉的邊境，離開它沒被記錄下的苦痛，離開它模糊而不確定的地平線。在這之外，只剩巨大的虛無。我再次走向中心，在那裡，一切旋即變得有意義，並且成為一個連貫的整體。我此時此刻寫下在邊疆的所見所聞。坦白說，一切就如當時所見，我什麼都沒加，也什麼都沒減。我希望讀者能代我釐清那時發生的事，還有我難以理解的事。因為世界的邊緣地帶在我們身上永永遠遠烙下了神祕的無力感。

3 醃漬物

她死後，他為她辦了一場體面的葬禮。她所有的朋友都來了——那些戴著貝雷帽、怪裡怪氣的老婦人，身上穿著散發樟腦丸味道的大衣，她們的腦袋像是蒼白巨大的腫瘤，從有著海貍鼠毛的領口冒出來。當棺材就著被雨水打溼的繩索降下，她們時機巧妙地開始低聲啜泣，然後成群擠在折疊傘的圓頂下，用最難以想像的方式往公車站移動。

當天晚上，他打開她存放文件的小櫃找了找……其實也不知道自己在找什麼——錢、股票、債券。就是沒有電視廣告上能安享老年的保險單，那種廣告總有滿滿落葉的秋天場景。

他只找到一九六〇和七〇年代的舊存摺，以及父親的黨證。父親於八十一歲含笑九泉，一直深信共產主義是超然且永恆的秩序。櫃子裡還有他幼稚園時畫的畫，小心放在一只有鬆緊帶的硬紙板資料夾裡，讓他有點感動。因為他萬萬沒有想到她會留著他的畫。此外還有一些筆記本，上面寫滿了醃菜、醃肉和果醬的食譜。每個食譜都單頁起始，故作神祕且歪七扭八的線條點綴每道菜的名字，呈現某種廚式美感。「醃芥菜」、「黛安娜式醃南瓜」、「亞維農沙拉」、「克里奧爾牛肝菌」。有時也會出現一些小確幸，例如「蘋果皮凍」或「糖衣菖蒲[31]」。

這讓他興起了去地下室的念頭。他已經很多年沒有去過那裡。但她，也就是他的母親，卻很樂意待在那兒，他從不感到奇怪。當她覺得他看球賽太吵，當她越來越無力的牢騷對他起不了作用，他會聽到鑰匙叮噹，然後是門關上的聲音，接著她會消失很長一段時間，是一段讓他耳根子清淨的平靜時光。那時他能逍遙自在地沉溺於最喜歡的消遣，將一罐罐啤酒喝得一乾二淨，目光隨著兩隊身穿彩色制服的男性，從這個半場衝到另一個半場，追趕著球。

地下室看起來格外整潔有序。這裡有張破舊的小地毯——喔！他記得這張從小就在的地毯，上面放著一張脫皮的絨毛扶手椅，椅上有一條折得整整齊齊的針織毛毯，還有一盞連著桌面的落地燈，以及幾本被一讀再讀的書。但是令人目光一亮的是牆架上擺得滿滿、閃閃發光的醃漬物罐。每個罐子上都貼著自製標籤。他發現標籤上的名字都是在食譜筆記本上出現過的。「史塔西女士做的醃黃瓜，一九九九」、「開胃菜甜椒，二〇〇三」、「柔霞女士做的豬油」。有些名字聽起來很神祕，像是「滅菌四季豆」──他根本不知道「滅菌」是什麼意思。罐子裡擠在一起的蒼白蘑菇、五顏六色的蔬菜，還有血紅的辣椒，喚起了他的求生意志。他快速掃過架子，但是沒有找到藏在罐子後面的有價證券或錢。她似乎什麼都沒留給他。

他把自己的生活空間擴展向她的房間──現在這個地方丟了他的髒衣服，啤酒紙箱也疊在這兒。他偶爾會從地下室拿一箱醃漬物上來，用手輕輕一轉，把罐子逐一打開，用叉子把裡面的東西挖出來。啤酒、花生或是鹹餅乾棒，搭配醃甜椒或是像嬰兒皮膚一樣柔軟的醃幼瓜，可說十足美味。他會坐在電視機前，思忖

31 一種波蘭古老的點心，以菖蒲根熬煮至黏稠狀，放涼後裹上糖衣製成。

著自己的新生活和剛獲得的自由。他覺得好像剛考完大學學科能力測驗，未來一片嶄新燦爛，彷彿更新更美好的人生才正要開始。他去年剛過五十歲，都這個歲數了，卻感覺像高中生一樣年輕。

雖然已故母親的最後一筆退休金正慢慢耗盡，他知道他還有做出正確決定的餘裕。他會慢慢吃掉她留下的遺產，最多只買麵包和奶油——當然還有啤酒。之後，他或許真的會找份工作。過去二十年間，對他來說找工作有如芒刺在背。或許他會去找人力仲介——像他這種五十歲的高中畢業生一定能找到些什麼工作。他甚至可以穿上那件掛在櫃子裡、由她熨整過的亮麗西裝，配上藍色襯衫，在城裡奔走。只要電視上沒轉播任何比賽。

他自由了。只是少了母親的拖鞋擦過地面的沙沙聲，他已經習慣了這種單調聲響，伴隨著她氣若游絲的嗓音。「你應該離開電視去外面見見人，認識個女孩。你打算這樣度過餘生嗎？你應該去找間自己的公寓，這裡住兩個人太擠了。人們都結婚生子、露營度假，相約去烤肉。你呢？我一個年老力衰的女人還要養你，都不覺得羞恥嗎？先是你爸，現在是你，我要洗你們全部的東西、燙衣服、還得買菜回家。電視打擾到我了，我沒辦法睡覺，你卻坐在這兒一坐就坐到早上。你到底看什麼東西要看一整晚，就不無聊嗎你？」她就這樣唸了幾小時，所以他便買了一副耳機。這也是一種解決之道，這樣她就不會聽到電視聲，他也不會聽見她的嘮叨。

但現在不知道為何，卻顯得太過安靜。她曾經悉心打理的房間裡面有蕾絲織巾和玻璃展示櫃，那兒開始塞滿成堆的空包裝、罐子、髒衣服，然後出現一種奇怪的氣味——腐爛床單外加黴菌影響的氣味，像在不通風的封閉空間，事物開始變質和發酵的氣味。某次，他在找乾淨毛巾的時候在櫃子底下找到了另一排醃漬物，藏在一堆寢具下方，埋在一捲捲毛線之中，成為第五罐隊的游擊隊員。他仔細看了一遍，這些和地下室裡的醃漬物年份不同。在有點褪色的標籤上，大部分寫著一九九一和一九九二，但看起來也有更老的、獨樹一格的版本——比如八三年的，還有一罐是一九七八年的——看來它就是產生異味的主因。金屬蓋子生了鏽，空氣進入罐中，讓周圍的空氣都充斥著腐爛氣味。曾經擺在罐子裡的東西現在成了一團咖啡色的圓球。他厭憎地把整個罐子給丟棄。標籤上還重複著相同的文字，例如「醋栗泥南瓜」或是「南瓜泥醋栗」。其中還有完全變成灰色的小黃瓜。若不是那些有禮又樂於助人的字跡，很多罐子裡的內容物大概沒人能認出來。醃蘑菇成了無法透視的混濁果凍，果醬成了黑色的凝結物，肉醬則結成一顆乾掉的拳頭。他在鞋櫃和浴缸下面的收納櫃裡找到另一批，也有一些躲在她床邊的床頭櫃裡。這些收藏讓他大吃一驚。是她瞞著他吃東西，還是以為兒子總有一天會搬出去，所以為了自己先儲備糧食？或許是遵循某種自然法則——畢竟母親總是活得比兒子短。她是假設自己會先走，所以要把這些醃漬物留給兒子嗎……也許，她是想用這些罐子來保障他的未來？他帶著愛恨交織的複雜情緒望著接二連三冒出來的醃漬物。後來，他偶然看到一個罐子（在廚房的水槽底下），上面寫著「醋漬鞋帶，二〇〇四」。他究竟該不該擔憂呢？他盯著呈球狀的菌絲，還有漂在醃漬醬汁裡的咖啡色鞋帶，以及落在其間、黑色球狀的牙買加胡椒。他覺得不太舒服，但也僅此而已。

◆

他想起當時她是怎麼對他跟前跟後。當他摘下耳機去廁所，她便快步走出廚房，擋住他的去路。「所有雛鳥都會離開巢穴，這是世間萬物的道理，父母應該有休息的機會，這理論適用於整個自然界，所以你為什麼要讓我這麼辛苦？你早該搬出去自力更生了。」她抱怨道。然後，當他試圖若無其事地經過她，她抓住他的袖子，音量越來越高，也越來越接近尖銳吼叫。「我應該有一個安寧的晚年，你最後就放過我吧，我想好好休息。」她說這些話的時候，他已經進入浴室，鎖上了門，沉浸在自己的思緒裡。當他回來，她又試圖攔住他，但顯然沒有剛才那麼堅定。然後，她會不知不覺在自己的房裡蒸發，痕跡就此消失，直到第二天早上。她會故意敲打鍋子，讓他無法睡覺。

畢竟大家都知道母親愛自己的孩子；這就是母親之所以為母親的原因——愛，以及寬恕。

所以他一點都不在乎那些鞋帶，接著，他在地下室找到了番茄醬海綿……那東西真真切切寫著「番茄醬海綿，二〇〇一」。他打開檢查是不是真如標籤所示，接著就把整個罐子丟進了垃圾桶。他並沒有把這些怪事視為母親蓄意為自己設計的未來惡作劇。畢竟他也找到了些稀世珍品。在地下室架子上層的最後一個罐子裡有著美味的豬腳，而且只要想到藏在房間窗簾後面那罐辣甜菜根，他便口水直流。他大快朵頤吃了兩天。後來也直接把手指伸入木梨果醬的罐子，挖出果醬當甜點吃。

他從地下室拖了一整箱醃漬物上來，搭著看波蘭對英國的比賽，還在醃漬物旁邊放了一罐啤酒，隨意把手伸進箱裡抓出醃漬物大吃特吃，根本懶得看清自己在吃什麼。有個罐子吸引了他的注意，因為母親在標籤上犯了很好笑的錯誤：「醃摸菇，二〇〇五」。他用叉子叉起那些柔嫩的白色小帽、放進嘴裡，它們彷彿有生命一般活跳跳，順著喉嚨溜進他肚中。就這樣一口接著一口，他甚至沒有發覺自己什麼時候吃光的。

晚上他去了廁所，簡直掛在馬桶上，被自己的嘔吐反射嚇了一跳。他好像看見她站在那裡，用令人難以忍受的尖銳嗓音叨念，但他也依稀記得她到底是死了。他一直吐到早上，覺得這樣下去也不是辦法。他用最後的力氣設法叫了救護車。醫院想幫他移植肝臟，但沒有找到捐贈人，所以他一直沒有恢復知覺，幾天後，就此死去。

然後問題來了。沒有人從太平間領走他的遺體、安排葬禮。最後母親的朋友，也就是那些戴著花俏貝雷帽的醜老太太，在警察的敦促下領走他的遺體。她們已是仁至義盡，以傘在墳上排出可笑的圖案，葬禮儀式便畫下句點。

4 車縫線

這一切就發生在某個早晨。B先生離開他的被窩，一如往常蹣跚晃到廁所。他最近睡得不太好，夜晚總碎成好幾小片，一如抽屜裡那條他已故妻子的珠鍊。他把珠鍊拿在手上，但是發霉的線繩應聲斷開，褪色珠子散落一地。大部分的珠子他都沒找到。從那時開始，他在失眠的夜裡便常想，不曉得那些珠子會在哪兒度過冒失的一生，在怎樣的塵埃上安頓下來，地板上的哪條裂縫又將成為它們的藏身處。

早上，當他坐在馬桶，看到自己兩隻襪子中間都有車縫線——而且是一條勻稱的車縫線，一路從腳趾延伸到襪口。

這不過是件小事，卻引起了他的興趣。顯然他穿襪子的時候從未留心，所以從來沒注意到這種怪事——車縫線延伸到底的襪子，從腳趾到腳背，直至襪口的車縫線。因此，當他完成浴室裡的洗滌儀式，便搖搖晃晃走到衣櫥前方。衣櫥底層的抽屜裡住著蜷成一團黑灰圓球的襪子。他從中抽出一隻比較好的，在眼前拉來拉去。因為他拿到的是一隻黑襪，房裡又暗，所以幾乎什麼都看不到。他只好回寢室裡拿眼鏡，才看見這隻黑襪上也有那種車縫線。現在他抽出所有襪子，也趁機找出與它們成對的另一半。每隻襪子都有從腳趾到襪口的車縫線，宛如渾然天成，好像理所當然是它的一部分，不可能與之分割。

一開始他覺得生氣，不知道是氣他自己還是氣那些襪子。他都不曉得襪子上會有這種長度的車縫線，只知道線會在腳背上方，從左到右橫貫腳趾，除此之外，其他地方都應該光光滑滑的——應該要是這樣才對！他把那隻黑色的襪子套在腳上，看起來很怪。接著又厭惡地脫了晾在一旁，開始試穿其他的襪子。就這樣一直試到他疲憊不已，直到一時之間快要無法呼吸。他之前從來沒有注意過襪子有這樣的車縫線。這怎麼可能呢？

他決定把襪子事件拋在腦後。最近他常常這樣：只要是超出理解範圍的東西，他都得小心翼翼藏在記憶深處，不再拿出來。他開始進行一種複雜的泡早茶儀式，在茶裡面加些對前列腺有益的香草，泡出來的茶汁要用濾網過濾兩次。在過濾液體的同時，B先生會切麵包，並在兩小片麵包上塗滿奶油。自己做的草莓果醬看來是壞掉了——黴菌的藍灰色小眼睛在罐子裡傲慢又挑釁地看著他。所以他只吃了抹上奶油的麵包。

車縫線的問題又出現了幾次，但他對待這件事的態度，就如對待其他那些迫不得已的情況——如漏水的水龍頭、卡住的櫥櫃把手，或是夾克上壞掉的拉鍊頭。面對這種事他也愛莫能助。一吃完早餐，他就在電視節目表上把今天打算要看的節目做上記號。他努力充實每一天，所以只留下些許空檔準備午餐和去商店買東西。話說回來，他從來都沒有成功照著電視節目表的計畫走。他會在扶手椅上睡著，然後毫無時間意識突然醒來，試著用節目表找出現在是一天之中的什麼時候。

◆

他都在轉角那間商店買東西，有一位所謂的「經理」在那裡工作。她是個身材高大的女人，有著非常白皙的皮膚，還有像線一樣細的清晰眉形。當他把麵包和肉醬罐頭裝進袋子裡，有個什麼觸動了他：他順便要了一雙襪子。

「穿無壓力的吧！」經理說，給了他一雙整齊包在玻璃紙裡的咖啡色襪子。B先生笨拙地把襪子拿在手中翻來轉去，試圖隔著包裝袋看出些什麼。經理從他手裡接過襪子，好整以暇拆下玻璃紙，拉出一隻襪子放在她黏著漂亮假指甲、保養得宜的手上，遞到B先生眼前。

「您看，這襪子完全沒有螺紋襪口，不會勒腿，血液可以好好循環。您這個年紀……」她開啟了句子，卻沒有把它講完。或許是意識到不適合提起年紀話題。

B先生把臉湊到她手邊，彷彿要親吻她。

襪子中間有一條車縫線。

「有沒有無車縫線的襪子？」他要付錢的時候不經意地問出口。

「要怎麼沒有車縫線？」店員一臉疑惑地問道。

「就是那種整隻都光滑沒接縫的襪子。」

「您在說什麼呢？這樣要怎麼做襪子？襪子要怎麼成型？」

他決定再也不管這件事。一個人老去的時候有很多事情無法注意到——世界繼續向前走，人們一直發明出更新更便利的東西。他沒有注意到襪子是從什麼時候變得跟以前不一樣。好吧，也許已經這樣很久了。人是沒有辦法什麼都知道的，他在回家的路上這樣安慰自己。菜籃車在身後歡樂地嘎嘎響，陽光燦爛，樓下的鄰居正在擦窗戶，讓他興起一個念頭，想請她推薦人來擦窗戶。現在從室內看向窗戶，只見一片灰色，就和他窗簾的顏色一樣，讓人感覺這間公寓的主人已經去世了很久。他抽離這些愚蠢的念頭，和鄰居聊上幾句。

看到別人的春季大掃除讓他內心不太踏實，覺得自己也該做點什麼。他把買來的東西放在廚房地板上，走進妻子的房間（也就是他現在睡覺的地方）。他自己的房間用來放一些舊的電視節目表、箱子、優格杯，還有他認為還有用的東西。

他瞥了一眼那舒適、溫馨、瀰漫著女性氣息的室內裝飾，確認它保持該有的模樣——拉上的窗簾、淡淡的暮色、整齊的床單，只有棉被的一角折起，好像在那兒動也不動地睡著。光亮的碗櫃裡，有著以黃金和鈷線裝飾的杯子、水晶玻璃杯，外加一只從海上運來的氣壓錶。上頭清晰的刻印更凸顯了這個事實：克里尼查謨爾斯卡[32]。他的血壓計在床頭櫃上。床對面的大衣櫃從幾個月前就開始呼喚他。但是自從妻子去世，他就很少去看、也不願看它。那裡還掛著她的衣服，他數次對自己承諾要把那些衣服處理掉，但至今還未兌現。而現在他有一個大膽的想法——或許可以把這些東西送給樓下的鄰居，順便藉此問她擦窗戶的事。

他煮了一包蘆筍湯當午餐，真的十分美味。他加熱昨天剩下的小馬鈴薯當主菜，就著克菲爾一起下肚。午飯後，自然也是午睡後，B先生移到他的房間，整整兩個小時，他都專注整理那些日復一日被他堆疊在這裡的舊電視節目單。他收集了五十多年，高高低低好幾疊，大概四百多期的電視節目單上都積著灰塵。丟掉它們就象徵打掃：B先生希望今年——畢竟一年之計在於春，而不是日曆上隨便一個日期——開始進行這種如同沐浴的清潔儀式。他成功把全部的節目單提到垃圾房，把它們丟進上面寫著「紙類」的黃色桶子裡，說時遲、那時快，他感到一陣恐慌——他丟棄了自己一部分的人生，斬斷了自己的時間和過去。於是他踮起腳尖，拚命往桶子裡面看，試圖想找到他的節目單，不過它們就這樣消失在黑色深淵中了。爬樓梯回家時，他在樓梯間狼狽地哭了一陣子，接著開始感到虛弱。他的血壓毫無疑問往上飆升。

第二天早晨，當他吃完早餐，一如往常坐在電視節目表前，為他覺得值得一看的節目做記號，突然開始看他的筆不順眼。那枝筆在紙上留下咖啡色的筆跡很難看。原本他以為是紙的問題，所以抓起其他報紙，憤怒地在空白處畫圈。但是那些圈看起來也是咖啡色的。他敢肯定，一定是因為筆放了太久，或是什麼其他的原因讓它變色。必須暫停自己最喜歡的儀式，只為了找其他的筆來用，他氣得

32 克里尼查謨爾斯卡（Krynica Morska）：波蘭波美拉尼亞省的一座濱海城市，字面意義為「海的產地」。

要命。他緩步走向玻璃展示櫃。他和妻子收集了一輩子的筆都放在最上層，那裡有數不清的筆，當然很多都已經不能用了——筆水乾涸，筆芯的出水孔堵住。他在豐富的收藏裡翻找了一陣子，直到抓出兩把筆才回到報紙前。他至少可以找到一枝吧——能夠寫出他想要的色澤——藍色、黑色，再怎麼糟也該是紅色或是綠色。但是沒有一枝筆達到他的要求。所有的筆都留下醜陋噁心的黃褐色筆跡，像是腐爛的樹葉、木地板清潔劑，也像溼漉漉的鐵鏽、令人作嘔。B老先生一動也不動地坐了許久，只有雙手微微顫抖，才終於起身，砰的一下打開電視牆上的小櫃，那裡放著他的文件。他抓起第一張紙的邊邊，又立刻放回去。因為這張紙，還有其他接下來找到的文件——發票、通知書、銀行明細表——全都是以電腦打字印出來的。等到他好不容易從底下抽出某張有手寫地址的信封，卻只能心灰意冷地看著它。因為上面的墨水也是咖啡色。

他坐在最喜歡的電視扶手椅上，雙腿伸向前，就這樣坐著不動，盯著冷冰冰的白色天花板呼吸。他的腦中開始湧現各種不同的想法，待它們在他腦中各顯身手後便又被他拋棄，像是：某種筆水裡的物質，有時會讓筆失去原本的顏色，變成咖啡；某種空氣中的毒素，會使墨水的顏色變得和以往不同。

最後是這個：

某種眼睛內的黃斑改變他的視覺，或是他患上白內障，所以看到的顏色與別人出現差異。但是，天花板仍是白色。

B老先生起身繼續標記電視節目表——暫且不管筆水是什麼顏色。好像會有一部《第二次世界大戰的祕密》（*Tajemnice drugiej wojny światowej*），還有一部地球上的蜜蜂的電影。曾經有段時間，他想要有個蜂箱。

接著發生的是郵票。某天，當他從信箱拿出信，信上所有的郵票都成了圓形，他簡直嚇呆。鋸齒狀、彩色、和茲羅提[33]大小相同。這使他渾身發熱。他不顧膝蓋疼痛，快步跑上樓梯、打開門，沒穿拖鞋就跑進了那個櫃子裡收著信的房間。當他看到所有信封上的郵票都是圓的，甚至舊的信封也不例外，他感到一陣暈眩。

33　波蘭的貨幣名稱。

他在扶手椅坐下，在腦海中搜索，試圖找出正確的郵票形狀。他可還沒發瘋——為什麼圓形的郵票對他來說是如此荒謬？或許以前他沒有注意過郵票吧。舌頭、膠水的甜味，還有用手指壓黏在信封上的小紙片……以前的信都很厚，很大一包。信封是藍色，他會伸出舌頭沿著膠條移動，接著用手指壓一壓，讓信封口黏住，接著把信翻過來——是的，郵票是方形，肯定是！但現在變成圓形，這怎麼可能呢？他把臉埋在手中，兀自沉浸在眼皮子底下如影隨形的淡淡孤寂，在那兒坐了一會兒才去廚房整理剛買的東西。

女人小心翼翼地接過禮物，猜疑地看著那些整齊疊在箱裡的絲質上衣及毛衣。當她低頭盯著毛皮，卻無法隱藏眼裡閃閃發光的欲望。B先生把它掛在門上。他們在桌邊坐下，配著茶吃了一塊蛋糕，B老先生決定鼓起勇氣：

「斯塔夏女士。」他突然用戲劇化的語氣低聲說。女人抬頭，打趣地看著他。她生動的眼睛和棕色眼珠子埋在皺紋底下。「斯塔夏女士，有一件不太對勁的事：您說說，襪子上真的會有和整隻襪子一樣長的車縫線嗎？」

她被這個問題嚇了一跳，默不作聲，然後微微往椅子裡頭縮。

「親愛的，您在說什麼呀？什麼叫真的會有車縫線？當然有啊！」

「一直都有嗎？」

「您說『一直』是什麼意思？當然一直都有呀！」

女人有些緊張地用手抹掉桌上的蛋糕屑，撫平桌巾。

「斯塔夏女士，那麼筆寫出來是什麼顏色的？」他接著問。

她還來不及回答，他就已經不耐煩地追問：

「是藍色的對吧？從筆被發明開始，寫出來就是藍色的。」

笑容漸漸從女人皺紋密布的臉上消失。

「您別這麼咄咄逼人，筆也可以寫出紅色和綠色呀。」

「對，我知道，但是一般來說都是藍色的，對吧？」

「您要喝濃一點的飲料嗎？或許來杯烈酒？」

他本想拒絕，因為他不能喝酒，可是轉念又認為這是特殊情況。於是他點了點頭。

女人轉向壁櫥，從櫃子裡拿出一個瓶子，手微微顫抖，小心斟酌倒了兩杯。她房間裡的一切都是白色和藍色：藍色條紋的壁紙、白色床罩和沙發上的藍色枕頭。桌上放著一束白白藍藍的人造花。酒精的甜味在他們口中擴散，把危險的字詞拉進體內深處。

「告訴我，」他小心翼翼地開啟話題。「您不覺得世界變了嗎？就好像……」他努力尋找用字遣詞。「好像讓人再也無法跟上？」

她恍若如釋重負一般微笑了起來。

「當然了。親愛的，您說的很有道理。時間過得飛快，就是因為這樣，你才會有這種感覺——我的意思是它本身並沒有加速，可是我們已精疲力盡，所以無法再像以前那樣跟上時間的腳步。」

他無奈地搖搖頭，表示不明白。

「親愛的，你知道嗎？我們就像舊沙漏。我曾讀過，由於頻繁地傾倒，沙粒會變得更圓潤，歷經磨損後也會因此流動得更迅速。老沙漏總是走得比較快。您知道嗎？這就像我們的神經系統，它也會氣力用盡。刺激透過神經，就像穿過篩子的網洞。就是因為這樣，我們才會有時間過得比較快的錯覺。」

「那其他東西呢？」

「什麼其他東西？」

「您知道……」他試著想出一些不合理的狀況，但是腦中一點想法也沒有。於是他就直接問了：「您見過長方形的郵票嗎？」

「有趣。」她一邊回答一邊幫他再斟一杯酒。「從來沒聽過。」

「或是有尖口的杯子——噢，這裡，就像這種。之前它們從來沒有——」

「但是——」她才開口，他就打斷了她。

「……或是向左旋轉才能打開的罐子，或時鐘上指著十二點的位置，現在寫成零，啊！還有——」他氣到說不出話。

她坐在他對面，雙手交疊放在膝蓋，突然變得溫順，表現出端正有禮的模樣，似乎整個人脫力，只有眉頭微微皺起，顯示處於這個位子上的她多麼不舒服。她就這樣看著眼前這位神經兮兮卻又滿心沮喪的老鄰居。

◆

晚上，他一如往常地躺在妻子的床上。自從妻子去世，他一直睡在那兒。他把棉被拉上到鼻子的地方平躺，在一片黑暗中睜大眼睛，聽著自己的心跳。睡意遲遲不肯到來，於是他起身，從衣櫥裡拿出妻子的粉色睡衣抱在胸前，一聲短促的啜泣隨即從喉中竄出。這件上衣起了作用——睡意降臨，一切都不再重要。

5 會面

「把我關了。」她說。「我累了。」她坐在床上，膝上放著一本舊書，明顯沒有在讀。

我感覺到她的憂傷，在她身邊坐下，看著她有點駝背、纖細柔美的線條，背上的肩胛骨微微隆起。我下意識地抬頭挺胸。她的太陽穴上有很多白髮，耳朵附近有顆痘痘。她伸出一根手指，抓了抓那顆痘痘。我下意識摀住耳朵。莉娜從耳朵取下小珍珠耳環放在我手裡，而我把它們收進口袋。我產生一種奇怪的感覺，一種令人不快、卻不太具體的感覺。好像有什麼東西壞了，需要修理。我摟著她的腰，頭靠在她肩上。我關了她。盡我所能溫柔地關了她。

莉娜不久以前才來到我們這裡，因此我們所有人都可以把她關掉，但是通常是我在睡前去做這件事。她今天真的做了很多事情，所以可以早一點讓她解脫。她整天都在打掃，和櫥櫃裡的黴菌奮戰，後來還和出版社吵架。她終於成功結清了稅務，現在還得印出我們上次去旅行的照片。稅務出了點問題——但我不知道，也不發問，想方設法不去處理這件事。只在需要做出真正決定的時候，我才會管事。

早上，我聽見她在廚房裡唱歌，她的自動模式會在黎明時啟動。吐司機跳起時發出的劈啪聲，對我們來說是起床的信號。當我下樓，想要加入她的演唱，她卻默不作聲。那是一首當年非常流行的老歌，但是每字每句就如它本身一般毫無意義。都被留在了過去。

阿爾瑪拿了一些花園裡的小蘿蔔來，安靜地坐在桌邊。她的手還是一如往常骯髒又粗糙——這個畫面讓我很火大。我一直認為她的工作沒有什麼建樹，不如關掉算了，這種蘿蔔直接用買的就好。然而阿爾瑪的存在卻以一種奇怪的方式讓我們的生活井然有序。意識到這件事讓我更能忍受地上的汙垢及骯髒的毛巾。關掉阿爾瑪——這個想法著實太蠢，我忍不住笑了出來。阿爾瑪很少注意到我，但是現在她卻問：

「妳一整天到底做了些什麼？妳在家裡晃來晃去、無所事事。」她懷著怒氣，剁斷另一根蘿蔔頭。

我忍不住驚呆。我在做什麼？我到底在做什麼?!我把發抖的雙手藏進口袋，假裝自己完全沒被這個問題觸怒。我在做什麼？我畫畫寫作啊，親愛的女士。我思考、我分析、我命名。這樣還不夠？我賺錢、我養活我們、我們靠我寫的虛構故事為生。所以我必須睡覺和做夢。我靠謊言和捏造謀生，在道德上很是令人懷疑，但是人能做出更糟的事。我一直是個騙子，現在正以此為業。我此時就可以告訴你：不要相信我編造的事物——別相信我。但是我的繪圖故事表達出了真實世界，所以它們是一種真理，最重要的是我必須有自由的心智，這能幫助我、整合我。但我什麼都沒說，一個字都沒有，只幫自己倒了杯蔬菜汁，這是莉娜做給我們當早餐喝的，然後走上樓。在樓上甚至還能聽到阿爾瑪氣呼呼地繼續閹割蘿蔔。若我像她那樣自私，我就會把我對她那毫無用處的工作有何想法一一闡明。

我從半掩的嬰兒房門縫看見法妮亞在餵三歲小孩母奶，並感到腹部和胸部有一股甜蜜的無力感，那是一種難以形容的感覺，好像身體的界線位在孩子嘴巴碰到法妮亞乳頭的地方，而且一併消失。那些小嘴彷彿在我身上鑿了一個小洞。透過這個洞，我得以和外面的世界有所連結。

我們有一個兒子。我們希望他擁有深色的皮膚和亞洲人的五官。事實上這不太容易，因為最近這類混合型非常搶手，但我們還是成功獲得了這個孩子。查利姆非常可愛，也很聰明。因為他的出生，我們把法妮亞帶了過來，所以我們現在有四個人：阿爾瑪、莉娜、法妮亞和我。其實在這小小的同質家庭裡，我們都很滿足，也很快樂。此外，四是一個非常對稱且穩定的數字。有時候我會想像，我們都是古老風車的扇片，圍繞著同一個中心旋轉，為自己爭取空間，也整理時間的混亂；我們在同一個軌道上運行，一個接著一個，填滿所有存在的可能性。我告訴自己應記住這個畫面，因為我有個可愛的習慣——但凡有任何想法，我會立刻帶回我的窩裡，把它畫成一幅畫。上午我們的新鄰居要來喝杯咖啡。若我能把這個思緒扔給別人——若我腦裡某處沒有飄著這件討人厭的事、這件我情願別發生的事。若是我並未因此分神又心煩，在風車的模樣從我腦海閃過時，我就會立刻跑回那個桌上攤著一堆紙、圖畫和草圖的房間。

家裡有陌生人。陌生的眼睛，陌生的氣味，柔軟地毯上的陌生痕跡。帶著不知從何而來的外來微生物。陌生的男性嗓音，低沉而顫動——掩蓋周圍其他聲音的嗓音。我們這裡不缺同伴，也不乏娛樂。晚上我們會玩凱納斯特[34]，還有看老電影。然後我們會喝著酒討論劇情，並在字裡行間找出最細微的差異。但那往往是雞蛋裡挑骨頭。挑竹籤[35]也很好玩，我們喜歡靠運氣而且難以預測的遊戲。我們總是一邊搔著頭，一邊朝著那堆混在一起的竹籤俯身。片刻之後，我們纖細的手指就會讓混亂的局面漸漸消去。我們這裡，不需要其他人。

而現在，這個不久前才搬來的新鄰居要來我們家，他肯定在尋覓新朋友。孩子哭了，他那沒完沒了、警報般的哭聲極度尖銳，幾乎能刺穿大腦。

34 凱納斯特（Canasta）是一種撲克牌遊戲，玩家人數不同時，遊戲規則也會略有不同。

35 波蘭常見的遊戲，需要極高的注意力與靈敏度。遊戲用的竹籤頭有不同圖樣，代表不同分數。遊戲方式是將竹籤隨機散落，必須在不移動其他竹籤的狀況下，挑出不同形狀的竹籤。

「讓他閉嘴。」我對法妮亞吼道。雖然我還有一系列的圖畫要完成，但我很清楚，今天上午恐怕是無法工作了。

阿爾瑪很生氣，法妮亞亦然——一整天都毀了。她們在門邊鋪上一塊地毯，讓新鄰居可以擦淨他那肯定很髒的鞋子。也把芳香塊放進馬桶，以防萬一他搞不好莫名要用廁所；準備好杯子和小盤子，我們在想他會帶什麼來：蛋糕，還是一瓶酒。法妮亞打賭他會帶花。我們也在推測他會在這兒待多久，應該讓他坐在沙發上，還是在窗前放一張扶手椅，以便讓我們將他看清楚？已經很久沒有人來拜訪我們，我們也不太記得外面人的長相。當你長時間只看和自己一模一樣的臉孔，視覺改變時產生的訝異感也會逐漸式微，而所有與之相異的東西都會變得醜陋、笨拙且怪異。

客人通知說他們會來兩個人，所以我們也決定派出兩個人——當然是我和莉娜。法妮亞忙著照顧孩子，而阿爾瑪今天在與蚜蟲作戰。

「如果他來花園該怎麼辦？」阿爾瑪突然在花園裡問我們。莉娜好奇地抬起頭來看著她。「天氣棒呆了，花都開了。」

我這才瞭解：她想在別人面前炫耀她的花。對她來說，只有我們還不夠。我看著窗外，牡丹剛剛綻放，碩大而繁茂的花朵隨著風的節奏輕輕晃動。如果不是因為沒有真的聽見歌聲，搞不好會以為它們組了一個合唱團呢。

「有何不可呢？」我想看到她喜悅的表情，因此看著她說。她其實不必問我們，但我很高興她問了。我的目光撫過她的臉龐，我們的目光相交，立刻又分開。

對稱性心理物理學的第一條規則總是這樣：別盯著自己的眼睛太久。你可以掃視、瞟視、掠視、瞄一眼、望過去，就是不要直盯著對方的眼睛。這會讓我們陷入錯亂。「與共[36]」系統會當機。所以在獲得與共以前，得先練習不看眼睛說話。這是基本規則。雖然這件事從來沒有發生在我們身上，但我聽說，某個與共元曾以凝視自己的眼睛來做治療實驗，結果全部的與共都當掉了——後來不得不

36 egon，可以想像是類似 android 或 iOS 的機器人系統。同一個與共的使用者外表會相同。

花大錢來解鎖。

對於自己的作品，我總是很難為情，有股折騰人的矛盾感受。我這麼想，同時又不希望自己的作品被看到。我從來不曾感到滿意，尤其是為圖畫寫下的文字。就算我感到滿意，時間也會非常短。第二天，當我再讀這些字句，便會看出其中的笨拙和錯誤。說起來，我更喜歡我的圖畫。無論文字多晦澀，我們的大腦都能把它轉化成圖像。圖像化為巨浪影響我們的經驗，而文字是涓涓細流。偉大的小說家都知道這一點。因此，諸如「她說道，而怒火在他眼裡閃爍」、「他挨著深藍色的絨毛沙發，冷漠地回答」都加入了與圖像有關的細微元素，並構成了巧妙的暗示。只有在背後有圖像支撐的時候文字才有力量。在寂靜與沉默中，我可以用一整天畫很多作品、寫很多字，樓下家庭生活的聲音傳來：查利姆的腳步聲、鍋蓋敲鍋的聲音、吸塵器的噪音、通往露臺的門因為氣流，發出「砰」的聲響。這些都能使我平靜，手的動作也變得肯定。我為孩子創作，因為只有他們真正去閱讀。成人則以替自己的兒女購書，彌補因文字恐懼症而產生的罪惡感。我的畫就像過去的時光般靜止不動。我用墨水畫自己的故事，現在幾乎沒什麼人用這種老派的手法，因為這非常費工夫，需要全心投入，還會將手弄髒。查利姆看到我沾滿汙漬的手，還開心地笑著說，我被他抓到了。而我必須大方承認，我的故事都非常賣座，因此我們負擔得起與共，我也因此可以繼續寫作、畫畫和生活。「創造」與「生活」是一個重要的組合，除此之外，我什麼也不需要。

這個時候我應該要坐在椅子上，埋首於畫紙中。過去幾個月裡，那些畫紙接受了我的每一筆、每一劃，毫無異議。這場會面讓我無法專注做事。我聽見莉娜在樓下收她訂的東西——一大包衛生紙和衛生棉、擦手紙、瓶裝水與雜貨。我們是一個家庭，所以有很多東西得採購。謝天謝地，雖然有時大家想吃的東西不盡相同，但是我們的口味通常差不多。不過現在法妮亞吃的東西有點不一樣——她在哺乳，喝很多茶加牛奶，因為她不知道在哪兒讀到，很久以前，巴伐利亞人認為茶加牛奶是增加泌乳的關鍵。我和莉娜都覺得她應該停止餵奶，但是她肯定覺得餵母奶讓她變得重要——其實我並不覺得奇怪。因為她從小就是個與共，總有一天，她會失去存在的理由，到時就得重新訓練或永久關閉。另外，阿爾瑪要吃乾淨的肉。她說自己從事勞動類工作，所以必須吃肉——真是迷信！經過多次討論，我們購入一臺孵化器，現在就放在廚房裡，在冰箱和烤箱旁邊。肉會長在架子上。我們以貨到付款的方式從目錄中選擇樣品，只要在相應的框框裡點一下就可以購買。當阿爾瑪想自己烤後腿肉或里肌肉時，家裡會飄著一股奇怪的味道——令人既愉悅又厭惡。

我沒辦法專心工作，於是又走下樓。

「他說『兩個』嗎？」我問莉娜，她正朝著蛋糕俯身，往上頭撒堅果。

「幫我打開烤箱，調到兩百度。」我照著指示，一會兒後，當我倒咖啡給自己，蛋糕被送進烤箱。

「對，他說了『兩個』，」她回答。「我很好奇。」

「我不好奇。」

我們的對話總是很簡短，和與共對話從來就不會令人雀躍。有時候，例如和法妮亞說話，還在思考可以說些什麼的時候就想離開了。可是有些事情還是需要達成共識，因為第二條規則是這樣要求的。

第二條規則是睿智的處世之道。這關乎為了誰要跟誰見面進行協調。社交聚會從來不是給單獨一人參加，通常每方都會有兩到三個與共，即倆倆一對或仨仨一組。會面越私密，參加的與共就越少，會面仍由一人出席。這樣很難，約會因此成為一件特別的事。我沒有過這種經驗，只要一想到可能得單獨見一位陌生人，我就焦慮。若是去警察局或是看醫生，整個與共元都得去。

既然他說了「兩個」，那就是兩個。該如何掩飾再清楚不過。莉娜看著我問道：

「你來掩飾嗎？」

十二點整，門邊站了——兩個人。兩個衣著相同的男人。我們心照不宣，頓時一陣可笑。年近五旬的禿頭男子，有著大肚腩與水汪汪的藍色大眼，戴過時的眼鏡，手捧一盤水果，全是那種很奇特、被改造過的種類，而且人們記不住名字。第二名男子手中的東西也一樣，不過我們不常吃這個種類。

我們異口同聲說出「你們好！」莉娜換上一件沒有麵粉痕和果汁汙漬的乾淨上衣。在披上流蘇圍巾之前，我先乾了一杯酒壯膽。我的房間裡總是備著一瓶酒。他走過剛鋪好的地毯，來到露臺門口，坐在盛開的牡丹花叢旁的扶手椅上。

「好漂亮的花啊！」他們異口同聲說道。

我們背對花園、坐上沙發——事實上只有我坐下來，莉娜去拿咖啡和蛋糕。我一派友善地轉向他們兩人，小心翼翼地分配目光，輪流看著兩位男子。第三條規則是絕對不要對與共擺架子，也不要有所偏袒，模糊身分差異才是禮貌。這麼做是為了隱藏誰是主宰，誰又只是普通的與共。

「我們在種花。」我含糊其詞地說。在酒精催化下，我比平常更敢言。

坐在陌生人面前嚼食絕對不怎麼自在，所以我事先為了這次會面準備了制式化的問題集。因為對象是我們的鄰居，所以我又另外擴增了一些，讓話題更為豐富，例如：

「你喜歡這區嗎？」

「你是從哪裡搬來的呢？」

「你有花園嗎？」

其實我能想到的也就這麼多了。第四條規則是別對與共元裡所居住的與共數量過問太多，因為這可能會被解讀成物質狀況來檢測，是很不禮貌的行為。當然，越多與共，這個人就過得越好，但也不總是如此。某些發展得好的富人會限制與共的數量，他們實踐一種新潮的方式，以回歸自然，在一個小群體中度過自己的一生。獨自一人生活著實是種理想，但是我也不知道誰會這麼古怪。

兩位鄰居坐得彆扭，回答也含糊，顯然沒什麼安全感，這次會面對他們來說也不是很自在。他一直發出清喉嚨的聲音，我因此想到可以問問他與過敏有關的問題——我成功了。話題轉向各種食物過敏。他說沒錯，他們對大部分的穀物、巧克力、堅果和乳製品過敏。我眼角餘光瞥見莉娜正在門邊拿著一塊巧克力堅果蛋糕，那是她特地為了會面做的。她像螃蟹一樣縮回廚房，過了一會兒帶著小蘿萄回來，在我旁邊坐下。

他們兩人吃了一些蘿蔔，我們聊到和孩子有關的事。他們對於我們有孩子這件事很感興趣，甚至四處張望，好像希望看到他在某個角落玩耍，或是躲在某張桌子底下。

我看著鄰居蒼白的臉色與額上細小的汗珠，稀疏金髮在漲紅的臉上恍若殘缺光環。金屬輕框眼鏡同時滑落到鼻尖上，他們用相同的姿勢同時推了一下眼鏡。

我覺得我可以把他畫下來放進書裡。他的角色是善良的巫師，但總是搞混咒語，變不出想要的東西。我記下這個靈感。現在我已經問完所有的問題。他回答這區很漂亮，他的房子需要整修，問我們有沒有認識的裝潢公司。他表示自己曾經住在市中心，但受夠了噪音。接著輪他提問。他問我們都在哪裡買東西。可是我甚至來不及回答這個問題，因為發生了一件不尋常的事——阿爾瑪拿著一串剛摘下的葡萄走進客廳（她之前都不讓我們吃她種的葡萄），除此之外，她還拿了一瓶麗絲玲來。她靜靜地把所有東西擺上桌，找了個空位坐下。困惑的莉娜立刻走出客廳，她不希望造成我們三人成群、對方僅有兩人這種糟糕的情況。客人也不安地動了動。阿爾瑪一語不發放下杯子，衝著我笑，完全不理會我責備目光傳達出的訊息——「這樣不行的，親愛的。」

「你做什麼工作？」她毫不害躁，邊問邊倒麗絲玲。「要冰塊嗎？」

中午喝酒！還直接問工作相關問題！他們兩人臉都漲紅了，紅暈在他們圓潤且有點下垂的臉上漸漸暈開，停留了十幾秒，有如不堪入目的汙漬。我看到左邊那位把手伸向右邊那位，貌似想要抓著他的手，好讓他安心。而他們當然沒在我們面前這麼做。

「嗯……」左邊那位開口，「計算服務。」

聽來很無趣。於是我們陷入一陣尷尬的沉默。

「你呢？」過了一會兒，他轉過頭來問我。另一位則為了對稱，也轉頭看向阿爾瑪——她把鞋子脫了，腳伸上扶手椅——真是失禮！

「我們只是一個再普通不過的家庭。」

「我知道妳們有個孩子。」右邊那位說道。「可以看看他嗎？」

我垂下目光，但是阿爾瑪似乎沒有因這位客人的失禮而困惑。

「他叫做查利姆，現在三歲。」而他們看起來都很高興。

「我們的夢想就是有個孩子。我們已經通過了考試，正在準備兒童房。」他說。看來我們講到了真正讓他感興趣的東西。

「是面南的房間嗎？」阿爾瑪問。儘管他們還沒喝完，她又往他們的酒杯裡倒入一些麗絲玲。

「不是，我們想要給他面西的，這樣早上就可以不受干擾地睡覺。」

我沒辦法專注談話，因為我一直在觀察阿爾瑪及她驚人的舉動，還得一邊用餘光關注客人。他們放鬆下來，但無論如何都無法太早對陌生人敞開心房。左邊的說他在一家大公司工作，電腦必須裝上特殊的冷卻裝置。右邊的補充，他們工作的房間是絕緣狀態，所以我們不必擔心輻射。過了一陣子我們似乎聊起來了。肯定是因為阿爾瑪的直言不諱，又或者純粹是麗絲玲的緣故。今天很難找到想要與之聊天的對象。其他人都很無趣，通常說出來的話都是已知訊息。若是他們說出什麼你不知道的事，通常也沒興趣知道，因為那和你一點關係也沒有。可是過了一會兒我們又沒話好聊了。我小心翼翼地打了個哈欠，但他似乎注意到了。他們開始坐立不安。左邊的又再次問起孩子——可以看看他嗎？在阿爾瑪還來不及開口說出什麼蠢話前，我搶先說道：

「這時候他通常在睡覺。」

「喔……」

「我們也真是的，我們也不想吵醒他……」

「這樣實在太不禮貌了。」

「而且這樣對小孩子也不好。」他們倆輪流咕噥。

這是會面即將結束的感覺。阿爾瑪把腿伸到身前，她的襪子上有一個大洞，拇趾從洞裡穿出，這個畫面令我非常驚恐，客人也注意到了——他們臉上再次泛起紅暈。

「該回家了。」他擔心受怕地說，然後兩人便站了起來。

我感到一股難以言喻的解脫。我們四人互相鞠躬道別後，兩位鄰居便離開。法妮亞和憤怒的莉娜立刻出現，我們默默看著那兩個一模一樣的身影消失在轉角處。

「他竟然想看孩子！」我無法接受地吼道。然後我們一邊思考句子，一邊對彼此說道：「第一次見面就如此無禮。」「你們看到他多笨拙了嗎？」「他的禿頭真好笑。」「他肯定會收集舊光碟片，然後用繩子掛在天花板下。」「還計算能力咧！」「我們已經相信他了。」「他坐拿補助金、沒有工作，生活又無聊。」「我真想知道關於孩子他說的是不是真的……」只有阿爾瑪什麼也沒說。她走進廚房，直接用手拿烤盤裡的蛋糕吃掉。

接下來幾天我們過得很好，過得就像我們一如往常那樣。阿爾瑪白天在花園裡做事，晚上會喝酒，讀一些和園藝有關的舊雜誌。她撥弄著舊吉他的琴弦，在那兒坐到很晚，然後留下一片狼籍。莉娜在廚房裡對她咆哮，抱怨所有事都是她在做——她不想再做飯了，找個與共來做吧。但她做的午餐是世界上最美味的。而法妮亞照顧三歲孩子——玩耍、學習、走路。下午，我們在客廳裡和小傢伙一起上課。這是一天之中最快樂的時刻。我們是一個真正的家庭，深愛彼此。孩子還沒有學會分辨我們，所以就像黏著法妮亞一樣黏著眾人，試圖擠弄我們的胸部。身體的自主反應令我尷尬。我的身體，我們的身體，突然就依偎在一起，界線消失，我們像是準備好結合成一副身體的細胞。我們把孩子放在中間，四個一模一樣的女人朝他傾身，露出溫柔微笑，合而為一綻放開來——記住這畫面。我這樣告訴自己。好好記住，這樣之後才能把畫面移到紙面上，放到描繪器下，置於筆尖下，才能描繪出來。我就是這樣工作的——首先圖像出現，然後有了整個故事。也許，這會是下一個。

那段時間裡，我正在完成另一個故事。我孜孜不倦地工作，每天做十幾個小時，但我非常享受。幾十頁文字簡明的圖畫。在一個內旋的大蝸牛殼裡，有一個王國，女主角走得越深入，便越是完美，也越是幸福。這個螺旋沒有盡頭，無止境旋轉延伸，而住在裡頭的生物則越變越小，但並沒有比較不完美。越在深處徘徊，越能走向無限、走向完美。世界是一個殼，在一隻巨型蝸牛身上穿越時空。

當我完成這件作品，阿爾瑪來到我身邊，安靜、仔細地檢查每一張畫。我在她臉上看到了滿意的神情。她抱了我，我感受到她的愛意與情意；我們以同樣的節奏呼吸，我聽見我們的身體是如何活著。我真的很快樂。

「親愛的，」她說，「現在我得把妳關掉，為了下一個任務，妳得休息一下，我們會想妳的。」

在圓滿達成任務的感受裡，我屈服於她的指尖之下。

6 真實故事

女人一從運轉中的手扶梯下來，就摔到大理石地板上，一頭撞上雕像底座。這座雕像的樣貌是名身材結實的工人，手拿一根紡錘。或許是個紡織工人吧。教授看得再清楚不過。那時他位於向下的手扶梯，正搭到一半。不久，人群慢慢湧上前，離得最近的兩、三個人探出身子，注視那名不幸的女子，立刻又被後面趕著上車的人推走。人流可說完全無視躺在地上的女人，繼續順著屬於自己的渠道流淌。路人的腳步精準避開癱在地上的身軀，不時，有些人得抓起鋪棉大衣的下擺，才不至於碰到她。當教授一來到躺在地上的女人旁邊，立即蹲下，雖然他的身分不是醫生，仍想快速確認她的情況。但這並不容易。因為她有部分面容被髒兮兮的帽兜遮住，而那帽兜正慢慢被鮮血浸溼。她身上包裹著破舊而骯髒的褐色布料，有如鬆弛的繃帶；汗跡斑斑的褐色裙子底下伸出兩條穿了厚重肉色褲襪和彆屈靴子的腿，沒有釦子的褐色外套用皮帶繫住，就這種夏日氣候而言實在是滿誇張的。教授拉開帽兜。一張鮮血淋漓、痛苦扭曲的臉探了出來。女人喘著氣。她的嘴唇在動，夾雜鮮血的口沫擠出。

「救命！」嚇壞的教授喊道，扯下自己的夾克墊在傷者頭下。他試著回想這個國家的「救命」應該怎麼說，但是他什麼也想不起來，就連「你好嗎？」這句他在飛機上練習過很多次的句子也是一樣。「*Hilfe, help.*」他驚慌失措地喊著。躺在地上的女人頭下蔓延鮮血，人潮卻成了蜿蜒的曲流，巧妙避開了她。地上的血池越來越大，情況越來越不樂觀，這副跌得傷痕累累的身體突然讓他想起梅爾希奧·戴洪德寇特[37]的畫作。那是一幅自然主義風格的靜物畫，畫的是一具遭到獵殺的野兔屍體。

教授是前天抵達這座涼爽、多風又遼闊的城市，現在剛結束獨自散步，準備回旅館參加研討會的閉幕晚宴，他正是這場研討會的講者。研討會的主題是藝術與文學中的科學，教授發表的內容是蛋白攝入對顏色感知的影響。在他的發表中，荷蘭繪畫的鼎盛時期和牛隻飼養的發展有關，也與以乳製品形式出現的高蛋白食品消費增加有關。起司中的氨基酸會影響腦中與色覺相關的組織發展。他這場演講備受歡迎，甚至可以說熱烈非常。午餐時，他們討論幻覺主義繪畫，飽餐一頓、喝了咖啡之後，他決定不隨團前去鼎鼎大名的博物館——因為他早就去過。教授決定一個人去市中心走走，呼吸新鮮空氣，也看一看大都市的生活。

他悠悠走在街上，拖長原本就大的步伐——他是個相對高瘦的男人。此時天氣突然暖和起來，蜜色太陽探出雲層。他把外套脫下，漫不經心地掛在手上。突然好轉的天氣令街上的行人又驚又喜，他們被滿是名牌商品的櫥窗吸過去。這些商品都十分誘人吸睛，宛若藝術品。大片玻璃窗分散人們的焦點，讓人別去注意建築物顏色鮮豔的破舊牆面。舊徒步區更像一座伸展臺，人們在這裡終於可以好

---

37 梅爾希奧・戴洪德寇特（Melchior d'Hondecoeter），十七世紀專畫動物的荷蘭畫家。

好檢視自我，評估自己是否在其他人中占了正確位置，確保自己完美地融入這個世界。一般而言，人們會在別的地方購物，像是比較遠的大型購物中心。不過我們這位教授並沒有選擇那地方。他就和其他人一樣，也對自己感到滿意，對自己的到臨滿意，也對演講、天氣，甚至是這座城市感到滿意，雖然前天他還覺得這座城市既沒人情味又討厭，現在腎上腺素下降，他便有種圓滿達成任務的感覺，全身散發著宜人暖意。他享受陽光，對經過的路人微笑，幸福地認為這裡沒有人認識他，所以想做什麼都可以——雖然他也沒打算做什麼特別的事。他知道自己不久就會回到安全的飯店，吃著美味的食物，喝著飯店招待的冰鎮伏特加。這一切的一切都讓他愉悅不已。

街上總是車水馬龍，通常會塞車，不時還有閃著藍色警示燈的車子穿梭其中。他故意不搭計程車，決定沿著寬闊的大街走到地鐵站。教授邁著規律的步伐，先前在不通風的空間裡坐了好幾個小時，這時他更能感受到活動筋骨帶來的愉悅。陽光燦爛——他穿著一件白襯衫，搭配一條怪領帶，那是妻子為他選的。他感覺舒適，心情輕鬆，雖然沒能在這趟散步中呼吸到新鮮空氣，但這也不重要了。廢氣的尾煙裊裊上升，在街道上空打轉，鑽進訪客的鼻孔。教授注意到一個臉上戴著白色口罩的人，看起來像是亞洲人。

他已沿著繁忙的大街左側走了大約一公里，看了地圖才發現，他應該要走在另一側才對，所以此時他正焦急地尋找斑馬線。只是在視線範圍內完全找不到。因此，他想，在如此繁忙的街上肯定有地下穿越道吧？可是他也沒找到。他正考慮是否要等車流緩一些時嘗試過馬路，卻想起一個警惕人心的故事，是他在休息喝咖啡時聽到的。有個德國博士生幾年前也剛好參加類似的研討會，帶著德國人對既定秩序的信心，在綠燈時過馬路，卻在人行穿越道上被一輛疾駛而過的汽車撞死。

於是他打消這個念頭，耐著性子繼續往前走，大概又走了兩公里，才終於看見通往地下道的樓梯，他就這樣來到大街另一側。這兒更安靜、更溫馨，也更隱蔽。他看著那些匆匆走過身邊的人，一個個心不在焉、又忙又累的模樣。他們把買來的東西裝在大塑膠袋裡，歐芹頭上一束束的葉子和成熟硬挺的韭蔥柄露在袋外。過了一會兒，他就找到這些菜的來源了——廣場邊上有一座市場，賣些蔬菜、水果和便宜的中國貨。就這麼一次，他看到一個不趕著去哪兒的人。那人在停用的噴水池畔觀看兩位專心的老人下西洋棋。商店的陳列樣貌粗劣，貨物的價格是以粗馬克筆寫下的大字。他試著把價格轉換成較熟悉的貨幣，但其實自己也搞不清楚是多少，最後他想到，老實說他也沒打算要買任何東西，所以根本沒必要換算。他已在飯店裡的商店為妻子買了一條琥珀手鍊。肯定是買貴了，但那條手鍊看起來真的很漂亮，所以他一點也沒猶豫。現在很難找到他能看上眼的東西，今天這種購物路線，比較像是在垃圾堆裡東翻西找。

太陽逐漸西下，霎時間，一股強大的力量淹沒了街道。房子的外牆被染成紅色，此時此刻，每個最不堪的細節都被令人不安的棕色陰影強化，就和他妻子用深色煙燻眼線筆特別強調一樣。在他眼中，這畫面突然充滿各種意義和隱含符號，與他最近研究的亨利．麥特．德．布萊斯[38]畫作有著異曲同工之妙。教授可以確定自己身在這座城市中較友善的區域，並感到心情愉快。漸漸，有戶外座位的咖啡館出現，甚至還有條紋相間的遮陽棚。這大概是因應遊客而生的產物。他如釋重負，選了其中一張桌子坐下，點了一杯白蘭地和咖啡。距離晚宴還有一段時間，在喧鬧的多國語言研討會，以及不絕於耳的「我知道這個人！」之外，他很高興能有一人獨處的時光。白蘭地很好喝。夕陽的紅暈落在臉上——輕柔、溫和，還略帶暖意，若能將它喝下肚，大概會有野玫瑰酒的味道。教授猶豫了一會兒，又點了一杯白蘭地——還有一包菸，他已經很久沒抽菸了。而今，他有一種時光倒流的感覺，覺得自己身在一個奇異的空間，一個無論做什麼都不需承擔後果的地方，沒有任何原因會導致任何一種結果，一切都在神奇的暫停中持續進展——就是這個時刻，只有最偉大的詩人才能捕捉到它的本質，也只有最才華洋溢的畫家能為其找到最合適的顏色。可是他沒辦法。他不過是一個普通、體面、受過不算太低教育的人。他只能沉浸在這一刻、耽溺其中——在這偉大又難以想像的信仰裡。當他意識到應該回去的時候，天色已暗。太陽就這麼突然落下，有上千窗子的巨大建築物輪廓就這樣把太陽吞沒。他知道如果自己用走的鐵定趕不上晚宴，便直接朝最近的地鐵站移動。他花上一段時間研究複雜的地鐵路線圖，直

38 亨利・麥特・德・布萊斯（Herri met de Bles）是文藝復興時期的風景畫家。

到確定自己所在的位置距離飯店只有兩站。

他用售票機買了一張票，不一會兒就進入下班回家的人群中。他們既疲憊又沉默，沒有人注意其他人，那些機械式的低沉嗓音用他不懂的語言播報著月臺和站名。事實上，他也不打算去理解這個語言。這語言對他來說太陌生。他左右張望了一下，確認現在該走哪條路，猶豫地跟著人群向下移動。在他看來，這群人既熱情又友善，把他推上看不見底的手扶梯，現正平穩地降至地下。那裡滿是粗陋的大型大理石巨人雕像，展現不同職業的特徵——這些雕像令他害怕。所幸，只要想到飯店床上已經放了準備好的乾淨襯衫，他便鬆了一口氣。

就是此時，在手扶梯的中央，他看到那個女人摔倒，甚至還聽到她的頭撞上雕像底座響亮的聲音。現在他跪在地上，試著輕輕把她的頭抬起，並墊上他捲好的西裝外套。

「救命！救命！」他再次對著這群只見到腿和肚子的人大喊。「請叫救護車！」

一個被大人牽著的孩子回頭看他，但是馬上被拉走。他抓住某人的外套前罹，但是那人巧妙地甩開了教授。

「救命！」教授絕望地喊著。人群從他們上方掠過，堅決之中還帶著某種怒氣，彷彿教授和受害者正企圖阻止地球繞著太陽轉。女人突然一陣抽搐，教授把她抱得更緊，深怕她就這樣死去。他的白色亞麻襯衫已經沾滿血跡，手和臉也無一倖免。

「警察！」他不假思索地喊道。這個常見的字詞讓一個男人停下了腳步，然後是另一個，但他們只是站在那裡，什麼也沒做，用不知所措的表情注視這整件事。

「警察！警察！」其他人也開始喊，而氣氛似乎變得緊張了些，腳步也加快。教授意識到自己靠在這個癱倒在地的女人身上，可能看起來會像是兇手。於是他試圖起身、拉開距離。就在此時，有個人撞了他一下，導致教授直接跌進那片暗沉的血泊中。

當兩名警察用手臂擠開人群、朝教授和女人走來，已經有幾個人在盯著他看了。警察制服外面穿的反光背心以一種不真實的方式映出螢光——可能是天使的化身吧，在教授眼中他們就是這樣的。女人動也不動。他起身，卻發現自己已被鮮血染紅。他滿懷希望地看著執法人員，他們卻目露凶光，殺氣騰騰注視他，無視受害者的存在，他立刻意識到他們把他當作兇手，而且顯然他想得沒錯，因為一名警察抓住了他的手，掐得死緊，接著扭向背後。教授被這種公然汙衊的舉動惹怒，火大地大喊大叫。奇怪的是他們根本不關心傷者，反而向他索取證件，他花了點時間以手勢向他們解釋，證件收在女人頭下方的西裝外套裡。他用手指著她——可是女人的頭正倒向一側，緊貼著地，不見西裝外套的蹤跡。此時，三名高大的男護士帶著擔架從外圍擠進來。教授看見他們剃得精光的大光頭和粗壯的後頸，護士把流動的人群推向一旁，奮力架起擔架，警察不由自主鬆開了手。人群又回來了，或許正是因為這樣，他的手臂才得以在血跡斑斑的襯衫下，從警察牢抓的手中掙脫。教授被護士推開，向後退了一步，並因為一股莫名的恐慌轉身就逃。

他先在地下月臺徘徊，再從不同的樓梯走向外頭，跳過幾階階梯，撞倒幾個人。反正不管怎樣這些人都會從他面前閃開，並投以厭惡和恐懼的目光。他們怕血，血會引發他們的恐懼。人們看到他的時候全都臉色大變，他們忘了同樣的東西也在自己的血管中流淌，藏在柔軟、易受傷的皮膚之下。教授驚覺這些血可能會讓他陷入致命危機。他對這個女人一無所知。她可能是個妓女，或是毒蟲，數以百萬計的愛滋病毒可能就聚集在她黑色的血液中。而今這些病毒透過細微的傷口滲入了教授的身體。他想起今天早上剪指甲時弄傷了拇指。他看著傷處，那裡被凝固的血液蓋住……他衝上樓梯，女人看到他就放聲尖叫、退到牆邊；男人固然樂意抓住他以伸張正義，卻不敢出手碰。他邁開步伐、走出地鐵。到了外面，他的第一個念頭就是盡快梳洗，哪怕得跳進第一座看到的噴泉，也沒什麼不行。他站在花園廣場上，驚慌地四處張望。他想起地鐵站的廁所，可是一點也不想回去。他試著迅速確認自己身在何處。看到建築物屋頂後的飯店尖型剪影時，他大大鬆一口氣，毫不猶豫地朝那個方向前進，幾乎要跑起來。他的雙手伸在前方，宛如兒童劇中的鬼魂。

天色已黑。他必須穿過另外一條繁忙的街道才能抵達飯店。他知道最近的穿越道可能還得走上一段路，所以決定利用因塞車緩下的車流，做個瘋狂的試驗。

他等待合適的時機，直接朝著移動中的車輛走去。這些車要麼停下，要麼試著避開他，同時駕駛也瘋狂地按喇叭。教授用沾滿鮮血的雙手拍打他們的引擎蓋，使得駕駛更加憤怒。其中一名開黑色荒原路華[39]的司機反應顯然比其他人快，因為當教授經過，副駕駛的車門突然打開，狠狠打中他的側身。

他跌倒在地，在意識到自己有生命危險後立刻拚命站起身來。車子都放慢了速度。當他們從渾身鮮血、連站立都有困難的男人旁邊經過時，完全沒放過機會，盡情對他吼叫、咒罵。而他在不知不覺中抵達馬路的另一邊，完全不曉得自己是怎麼辦到。他覺得自己總算獲救，現在只要通過旅館下方的花園廣場就好。他興高采烈地向前走，同時也發現自己不知道在哪兒弄丟了一隻鞋子。一定是被那輛荒原路華撞倒時弄掉的。他只好一拐一拐地踩著一隻鞋，憂心忡忡地前往晚宴會場。他沒有帶備用的鞋子來，就買雙新的吧，也只能這樣了，他想。話說回來，晚宴應該已經開始了。他一定會遲到，但能怎麼辦呢？等他抵達應該已經致詞完畢了。

當他踏著一隻鞋踉踉蹌蹌走到飯店玻璃門前，卻被一名高大魁梧的保全人員攔下，他身上的侍服很像某齣輕歌劇裡的國家軍隊。他見過教授幾次，包括今天早上，但顯然沒有認出他來。教授不打算退縮。他解釋自己住在一一三八號房，是研討會的講者。保全人員被他一口流利的英語弄迷糊，猶豫著是否要讓步，然而最終仍堅定地向他索取護照。那時教授才驚覺自己既然丟了西裝外套，當然也沒了護照。以防萬一，他還是把手伸進褲子口袋，先是前面，再後面兩個。可是他只找到一把當地貨幣、地鐵票，還有開過的檸檬味口香糖。保全人員露出諷刺表情看著他，綻放出滿意的笑容，像流氓一樣一把揪住教授後頸，把這個踢來扭去的人拎到廣場，狠狠地往他屁股踢上一腳。教授因此摔倒在地，久久無法起身。

因痛苦、屈辱和無助，他的雙眼盈滿淚水，忍不住抽泣起來。他已經很多年沒哭過，久到他甚至忘了哭泣能給人安慰。哭著哭著，他平靜下來——大概可以這麼說吧。那艘在淚海上航行的小船已經來到了某個岸邊，停止了搖晃，停泊於一個前所未見、意想不到的情況，未知的大陸在他眼前擴展開。他必須做點什麼。

39 荒原路華（Land Rover）：英國的運動型、全地形車品牌。

他坐在一片黑暗中，思索著該怎麼做比較好。廣場陰暗，一如這座曝光不足的城市裡的其他事物。他想，如果他沒有弄丟西裝外套，就可以打電話，但是他的手機連同外套、護照和信用卡一起消失得無影無蹤。他覺得飯店的另一頭可能正在舉辦晚宴，所以決定去那邊看看，或許可以找到他的同伴，告訴他們這個狀況。他們之中有幾個人總是在抽菸，肯定會走去露臺、陽臺甚至是花園……他一邊繼續往前走，一邊緊盯著飯店一格格亮燈的窗戶。飯店的一樓除了大廳以外幾乎整層都是餐廳、酒吧和會議廳，但是大部分的窗戶都是暗的。他看到左手邊有一群年輕男子聚集在幾盞亮著的路燈下，互相叫嚷，或許在玩什麼吧。他停下動作，不想暴露自己的存在，接著默默溜到牆邊，繼續沿牆前進。就這樣，他來到飯店另一側，看見亮著燈的大片餐廳玻璃外牆，那裡正在舉辦晚宴。

他實在太感動了，差點又哭了一次。挨著牆能看到的不多，他稍微退向花園廣場。這裡長滿帶刺的枸子，才剛開花，散發令人驚豔的蜂蜜氣味，還夾雜著酸腐味道。教授被這股氣味籠罩。隔著這段距離，他看到一幅逼真畫作——以建築物的垂直線條構成，並由外牆玻璃框所框起。高窄的桌上鋪著白色的桌巾，桌子周圍站了衣著優雅的人們，一邊吃東西一邊聊天——他們的腦袋先相互靠近，再向後仰。可能在大笑，把手放在對話者的肩上，友好地拍了拍。服務生敏捷又苗條，身穿燕尾服在桌子之間穿梭，一手藏在背後，另一手則捧著盛滿飲料的托盤。在他看來，這幅色彩柔和的畫作充滿布勒哲爾[40]的現代極簡主義：人們忙於不曾停歇的瑣事，處理節日盛宴的事務、外來的節日。教授拚命尋找熟悉的身影。他不太確定，這是否就是他要去的晚宴——飯店很大，很可能有好幾場這樣的研討會，就像他以前參加過的一樣。

他又走動了一下，想看看那些離開桌邊的人要去哪裡。他們消失了一會兒，接著出現在角落一間有著玻璃外牆的房間裡，那兒看起來有點像水族館。那是一間吸菸室。他看到G教授在那裡，他是研究二十世紀歐洲繪畫中柏拉圖式與非柏拉圖式物體的專家。雖然教授並不是每次都同意他的論點，此時此刻看見這人他卻格外歡喜。這是幾個小時來第一張熟悉面孔。雖然他所在的位置很難看清，但

40 布勒哲爾（Pieter Bruegel the Elder）：文藝復興時期的荷蘭畫家，以農家景象畫聞名。

是教授就是知道：G正抽著小雪茄。他只能大概看到G的手部動作，還有他吐菸時微微上揚的頭。他得快點行動，小雪茄不可能一直燒。教授快速朝那方向跛行而去，直接站在吸菸室前，希望會被看見——但一點用也沒有，因為他太矮了。他必須再次退到廣場上。在他好不容易找到一個比較適合的位置時，G卻正好熄掉小雪茄，接著，他往同伴的肩上友善地拍了拍，便轉身走了出去。絕望的教授以最快的速度拾起視線範圍內的石子，手臂一張丟向水族館。只可惜距離實在太遠。抓狂的教授決心再次嘗試從正門強行進入，但他甚至沒能到達門前的廣場。雖然保全人員忙著招呼一位衣著華貴、戴滿珠寶、踏著天價高跟鞋的女人，連看都沒看他一眼。可是兩名腰帶上掛著武器的警衛搶先介入——其中一名狠狠地扭了他的手臂（他聽到一個清脆聲響），滿臉厭惡地把他趕走。教授跌坐在地，以最快的速度爬進刺人的枸子叢中。他知道自己必須不計代價擺脫這件染血的襯衫，並且想辦法洗漱。在樹叢中，他看到保鑣露出噁心又厭惡的神情抹去手上的血跡。教授覺得，不管地鐵站裡的那個女人身上流出什麼，現在都已進入他的體內。他用一小塊乾淨的袖口把嘴巴和眼睛周圍擦拭乾淨，想起早上從飯店窗戶看出去的那座噴水池，決心找到它。

教授仔細研究所在的位置後，開始周詳計畫起到那裡去的方法。這並不容易，因為路燈高高在上，照著躍動的水流，他除了必須走進光下，還得經過那些在石牆上玩跳棋之類的可疑人士。但是他非動起來不可。他脫下襯衫，鑽進灌木叢。陣陣冷意圍繞著他，背上頓時起了雞皮疙瘩。教授躲在影中爬向噴泉，在被照得光亮的區域邊緣猶豫好一陣子，才悄悄把頭伸進去，確認沒有人注意到他，然後三步併兩步飛衝過去，只花幾秒就到達噴水池畔。他順利進到水中，水冰得令他無法呼吸。他發狂地洗去自己身上凝固的血跡，用手指搓著半裸的身體，最後脫去把水染紅的褲子——隨節奏跳躍的水流在空中轉暗，在設計過的燈光下閃爍紫色的光芒。這名溼漉漉的裸男瞧見可恨的警衛從遠處朝他跑來，還看見那群玩家起身向他靠近。他攤開雙手——想發出嘶吼，作勢撞擊燈火璀璨的巨大飯店，他的喉嚨卻因太冷而緊繃，只發出咿咿喔喔的聲音。但他覺得自己嘶吼了出來，覺得這聲響清晰有力，反射於建築物數千片玻璃之間，翱翔在毫無秩序的城市之上，在骯髒發黃的天空之中。

此時，飯店警衛逮住了他，將他從水中拖出，摔在地上。那些玩家緊跟在後，忍不住踢了幾下這副狂妄的冰冷裸體。他甚至沒發出呻吟，僅是牙齒打著顫，不出一點聲響。他們在他上方爭論一陣，接著抓住他的手臂，把他拖去更合適的地方。

7 心臟

M先生一家比平常還早結束旅行回家。他看起來很疲倦，甚至面帶病容。這些年來，他的心臟狀況欠佳，之所以能苟活，或許要歸功於飲食上的改變，以及遵照營養學家的理論。他一下這個不吃，一下那個不吃的。現在這些理論越來越大膽，還涉及演化史、社會階級理論、精神分析等等。不過M先生還能活著，最要感謝的是他妻子無微不至的照顧。

她是一名美髮師，不是造型師或設計師，更談不上美髮診所或美髮工廠的老闆，統統不是，她就只是修剪、洗滌、染髮和梳頭而已。她在市中心一間知名店鋪工作，擁有自己的客人，只可惜每年十一月到四月都會離客人而去。那段時間，M一家會拉上住處的窗簾，動身前往亞洲。雖然他的臉色總是有些蒼白，但是有著魁梧的身材，還曾經是一家規模頗大且前途一片光明的車行老闆，只是在他心臟病發後無法繼續經營。於是他賣掉生意，靠著明智的投資（鄰居是這樣說的）以利息過活。M認為在亞洲生活很便宜，而且歐洲的冬天不僅貴，還令人鬱悶。

「冬天時，我說啊……」M太太不只一次這樣說，一邊將染料塗在常客稀疏的頭髮上。「在歐洲，冬天應該要緊緊關起門。那些得照顧設備和發電廠的人留下就好，機器也以半速運轉就夠了。」

這是也是一種看世界的方式，必須承認。

人們對於他們這種生活和旅行模式很是嫉妒，但因為不常見到這家人，所以很快便忘得一乾二淨，更別提人們其實不愛去想那些過得富裕的人。早在十二月初，聖誕樹從地下儲藏室拿出來、房子掛上燈飾，已經沒人記得M先生和M太太。

此時他們在泰國普吉島某處租了一間牆上有洞、蓮蓬頭生鏽的小平房，自備酒精爐和冰桶，過著一如往常的遊客生活。這就像那些變成例行公事的事情一樣無趣。他們把筆記型電腦接上網路，檢查帳戶餘額和持有的股票價格，確認健康保險還在效期內。他們對政治以及任何文化活動都不感興趣，不去電影院或劇院。是的，他們都在YouTube上看劇，或是隨性所致造訪當地的博物館。他們透過圖書漂流[41]來閱讀，讀完之後馬上交換書籍，從來不拘泥於任何字句、風格或故事內容。

不幸的是，M先生的心臟狀況越來越差，醫生甚至用「悲劇」來形容，夫妻兩人才意識到自己的生活型態必須有所改變。就是因為這樣，他們去年冬天才沒有去普吉島，也沒去斯里蘭卡或是價格低廉的印尼，反而飛到一個他們不願透露名字的地方。兩人大部分的股票都已變現，用以支付中國南方一間現代化無菌醫院的住院費用。M先生將會在那得到一顆新的心臟。

心臟及時送達，而且術後組織適應也良好，療程圓滿成功。儘管有那麼一瞬間，M先生的妻子試圖把原心臟留下帶回家，那顆歐洲人的老心臟還是在醫院的

41 圖書漂流（Bookcrossing）是一種圖書共享機制，將自己閱讀過或是不再讀的書註冊登記後，放在任何公共空間中，讓任何想閱讀的人撿去閱讀，讀完後再以相同方式將書傳下去。

火化爐裡化為灰燼。M想起，他應該要問問這顆心臟來自什麼人、那人發生了什麼事。是啊，他應該要問的，但是他不記得自己最後是否問了，還是他壓根就沒有提過捐贈者。總之，一度有過這個話題，但後來又談到其他事情。或許他根本就不想過問捐贈者，或許在這間醫院裡這麼做會為人詬病。此外，當時他病了，不該對他抱什麼期望。他感覺很差，頭暈目眩，一直焦慮地聽著新心臟如何跳動。他覺得這顆心臟不太一樣，它莫名有力，像在奔跑，或是逃亡。

春天在歐洲如潮水般蔓延，在義大利南部和西班牙發芽，然後循著未知路徑與方式默默北移。三月已抵達法國和希臘南部，四月則在瑞士與巴爾幹半島大展身手，五月在德國和中歐綻放，只為在六月初抵達斯堪地那維亞。

M先生已經感覺好多了。然而他應該好好保養身子，所以當他走在歐洲城市的街道上，便一直戴著白色口罩。那些微凸的浮雕只會暫時留在這白紙一張的軀體上，傷口正在癒合，讓人嚮往起幸福新生活的藍圖。他有股奇怪的懸浮感，就像小時候，當周圍還未被各種意義填滿，每件事情都是獨一無二、不會重複。有一群鴿子正好從草坪上起飛，飛過樓房前往另一座廣場，牠們的翅膀使空氣流動，塵埃揚起又墜落，彷彿被徵召上戰場的士兵突然各自返家。M先生把一切都視為某種預兆。

他邁開步伐，融入自己的城市景色之中。世界恰如合身剪裁的西裝將他包覆，為他量身訂做，令他感到極度舒適。M先生對艱澀的詞彙毫無共鳴，因為他總是與機器為伍，思維精確且務實，因此他不用「幸福」，而會用「滿意」形容。

一切都很順利，但是術後一段時間，M先生開始睡不好。他半夢半醒地躺著，彷彿身處一坨黏糊糊的果凍中，裡頭充滿奇怪的畫面、幻覺，以及遙遠模糊的聲音。這一切都使他恐懼——因為無法動彈，所以又更加害怕。白天時，這種恐懼會躲藏在寢具的某處，從那裡盯著M先生。而晚上，又是同樣地半夢半醒、直到天明……灰色晨曦開始傾洩入昏暗的房間，他將雙手伸向前，想著為什麼會是五根手指頭？不是六根或四根？為什麼世上總是有些人一無所有，另一些人卻總在避免擁有太多？為什麼童年是如此漫長，以至於沒有足夠的成人時光能進行反省，並在錯誤中學習？為什麼人雖然想做好事，卻會做出壞事？為什麼快樂這麼難？他當然沒有找到這些問題的答案。

他難以分辨為什麼，還有究竟從什麼時候開始，生活裡出現無數個詭異的瞬間。從未察覺的意念突然被喚醒，有很多時候，他覺得自己不得不說出「我想要」三個字。一種比什麼都強烈的思緒將他填滿——那有著時鐘發條的本質，在他體內以內在力量的態勢展開，無從阻止。除了妻子的撫摸、名為贊安諾[42]的藥物，還有睡眠——如果睡意來襲。「我想要」是一隻充滿黏性的爪子，出其不意地抓住某個想法或某個念頭，又或是某些東西。例如，他突然渴望色彩，但他全然不知該如何滿足這令人意想不到的飢渴。他為自己買了一本馬克．羅斯科[43]畫冊，因為在附近那間高雅簡約的書店裡，這是他唯一能找到的。只是畫冊裡的東西無法滿足他。他的目光掠過光潔的紙面，不怎麼滿意地溜向天際。他還給妻子買了一件色彩繽紛的洋裝，但是她看上去依舊平庸。若得自己穿上這件洋裝，他也樂意——是的，他可以承認，他會去穿。他也有種對安靜的渴望——而在這寧靜之中還有著某種走調音符，某種可以凸顯寧靜的單音。但他甚至不知道那叫做什麼。

他們八月就知道要去泰國，去這個讓他聯想絲滑香甜椰奶的溫和佛教王國。他們早訂好機票和房子。這次規格較高，有浴室和瓦斯爐。但他們還沒開始收拾行李，因為兩人習慣在出發前一天才打包，把想帶的東西塞進兩個手提行李——綽綽有餘。

但是九月初M有種強烈的「我想要」感覺，因此坐在電腦螢幕前無止境地瀏覽著相同的東西——關於中國的資訊。

◆

42 用於焦慮症的口服藥。

43 馬克．羅斯科（Marka Rothko），沙俄時代的拉脫維亞畫家，抽象表現主義畫風。

幾天後，他們已在塵土飛揚的廣闊大地上，成為中國南方佛教風景的一部分。旅館備著上個世紀的家具。從簡陋的窗戶向外看，可見當地的黎明——太陽艱辛地升上模糊的地平線，在濃稠而骯髒的空氣中苦苦攀爬。數以百計的人在沒鋪的寬闊道路上騎腳踏車，臉孔看起來甚是相像。人們從矗立各處的鐵皮尖頂小房子傾洩而出，裹著厚重的灰藍鋪棉外套，所有人不發一語，往同一個地方去，朝著遠處有山的那個方向。

M夫婦租了一輛舊汽車，僱一位劉小姐當翻譯兼導遊。她總是拎著一個塑膠袋，臉上掛著神祕的表情，貢獻自己的時間與語言天賦任他們差遣。她帶著他們參觀這片單調土地上為數不多的古蹟，背誦出各種釋意，讀著諸如以下的碑文——「物極必反，樂極生悲」。這些碑文大多令M先生驚愕——似乎每字每句都觸及生活的每個層面，無一例外。劉小姐用還不錯的英語講述最有名的佛教故事給他們聽。由於她有慢性鼻炎，於是不停吸鼻子，而她通紅的鼻子提醒著他們，世間有許多微不足道的瑣碎小事，無法與公案[44]的謎樣、因果的無情相比。

他們第一天就參訪了一間小寺廟。除了得知它十分古老、值得一訪外，他們對這間廟一無所知。那裡有一些寫上漂亮書法字的宣紙攤，然而寺院看起來既破舊又冷清，只有幾個男人穿梭其中，但肯定不是和尚，因為他們穿著灰色的工作服，就像這兒其他人一樣。

「很久很久以前，」劉小姐說道，「這間廟裡住著一位聰明絕頂的悟道和尚。」她用衛生紙擤著鼻涕，用彷彿乞求憐憫的目光看著他們。

「他叫做姚。據說他能望穿時間，看見輪迴轉世。有次化緣停下休息，他看見一位胸前抱著孩子的女子正坐著吃魚，小心翼翼地把肉從魚骨上剔下來，將魚骨丟給流浪狗吃。可是，當這隻歡喜撿拾意外恩惠的瘦弱狗兒開始糾纏不休，女人便一腳把牠踢開。姚和尚見狀，大笑起來，跟在他身旁的弟子全都一臉驚訝地看著他。『師父，您為什麼笑呢？這沒什麼好笑的呀！』『是啊，眾弟子說的沒錯。』姚和尚回答道，『但我還是忍不住笑了出來。你看過一邊吞食父親的身

44 禪師開悟的故事，禪宗認為歷代高僧的言行能判斷迷悟是非，因此將之記錄下來，為坐禪者指示。

體、一邊踢開自己母親的人嗎？或是一邊啃父親的骨頭，一邊給敵人餵奶的人？輪迴轉世真是可悲又殘酷啊！』」

劉小姐背誦出這個故事，好似自豪的孩子在學校背誦詩歌。語畢，她猶疑地盯著他們倆，不曉得他們是否理解其中的道理。她顯然從遊客身上得到了一些不好的經驗，而他們兩人若有所思地微笑點頭，她因此平靜了下來。片刻過後，她告訴他們是時候用午餐了。

他們在當地的餐廳吃飯，沉默寡言的老闆給他們偌大空間的角落三人座位。他們小口品嘗了一道用太白粉勾芡、黏糊糊的菜，裡頭充滿味精，實在不怎麼樣。M還沒從時差中恢復，整個人昏沉呆滯。他試圖融入這種淺層的時間感裡，不要太放鬆、太舒坦。他仍不明白為什麼那股「我想要」會引領他來到這裡。

突然之間，有什麼把他從思緒中拉回。M先生沒頭沒尾地詢問導遊小姐監獄的事，「附近有沒有呢？」而她露出錯愕的神情，緊盯著他的薄唇。

「您想參觀監獄啊？」她調侃問道，語氣中有一股深深的失望。

第二天，她再也沒有出現。

「我們到底來這裡幹麼？」M太太抱怨道，「這裡又冷又醜。」

M先生不知道該說什麼。他似乎一邊嗅著什麼，一邊等著風吹散無處不在的塵埃，也許能改變什麼。第三天，他們用訊號薄弱的網路找到一座曾經輝煌一時、現已被人遺忘的佛寺。M先生什麼主意都拿不定，不知道要做什麼、又該往哪裡去。但是到了第四天，他又感覺到那個「我想要」。它從內部掐著他的胸骨，引起陣陣焦慮，只好說：「好，去吧！前進！」就算他不時試圖將那感覺吞下肚，這股「我想要」仍卡在喉頭。M於是打包行李出發，無可避免地朝著被遺忘的寺院前進。

他們行駛在無人維護的崎嶇小山路，景觀轉變，沒變的是鐵皮屋、簡陋的倉庫和如出一轍的公車站。路邊電線桿上電纜交纏，連接一棟棟的房子，但越往上電纜就越細，到最後只剩一條搖搖欲墜的纜繩沿路而行，通往山區的方向。到了某個階段，道路和電纜都來到終點，必須越過淺淺的小溪。小溪後方的幾棟建物有著花俏的屋頂，四角微微上揚，還有一座小鐘樓，不過裡面掛的不是鐘，而是一面大銅鑼。他們走下車。微風吹來一股燃燒東西的淡淡化學氣味。這就是那間佛寺。滿地碎石的停車場裡只有一輛當地註冊的汽車，他們把車停在旁邊，一臉遲疑地朝主建築移動。

他們很快就察覺沒有人會來帶他們參觀這裡，或許旺季的時候會有旅客和信徒來參拜佛寺，但是現在顯然太冷。唯一的樹（非常巨大，是他們在中國期間所看到最大的樹）長在庭院正中央，這棵樹在過去一百多年間奇蹟般地倖存下來。那是棵公孫樹，銀杏樹——高聳挺拔，有著粗壯的樹幹和醒目的樹冠。

他們試著用肢體語言和一位對他們沒什麼興趣的老人交流，老人一下子就不見蹤影，但不久後帶著一位穿著軍服的年輕人一起出現。這名士兵最多不超過十七歲，有著光滑的臉龐和溫柔的杏眼，看起來就像個孩子。

「可以翻譯。」他一邊吐出破碎的英文，一邊指著自己。「去見大師。佛寺很老。非常老！這棵樹也很神聖，僧侶用自己的東西澆它。」他笑了，又長又亮的牙齦上露出細小的牙齒。「你們懂吧？」他開始模仿解便的聲音。

原來有支軍隊駐紮在不遠處，寺院和他們有些小生意，每當有東西需要往來轉交，因此老人認為士兵也可以做翻譯，現在他待在一邊，時不時向年輕人丟出幾個中文。他們得知寺院裡有十六名僧侶，有名的慈悲彌勒佛像安放在最大的廟中，要到那裡必須穿過其他小廟。於是他們一間一間地走，沿石梯往上爬，脫去鞋履，站在一尊尊佛像前方，只是他們並不理解自己看的是什麼：符號、旗幟、又金又紅的紙片上寫著字，讓他想起壓扁的大蜘蛛。這段路程花了很長的時間，因為負責翻譯的士兵保持沉默的時間比說話還久，不停在他貧乏的字典裡找尋正確的字眼，還得不斷解開、繫上他沉重的軍靴。穿著未繫妥的軍靴走路——即使只是從一間廟走到另一間，不過幾十公尺的路程——不符合中國士兵的身分。鞋帶必須絕對完美。這件事他們能理解。在重複了幾次後，連他們都抓到了將鞋帶穿過孔的訣竅。

當他們終於到達最後一間、也是最大間的寺廟，正好是黃昏時分。在室內漆著紅色的木建築裡，他們看到的景象與想像截然不同。一尊金色木雕坐在寶座上，多處被香火燻得烏黑，與他們在這趟旅行中看慣的佛像完全不同。不是張嘴大笑，看似粗鄙下流的胖子，而是有著修長身材的雙性神，右腳隨意跨在從王座垂下的左膝。她不像其他雕像一樣直視前方，而是垂眼看著自己腳前的位置，彷彿渴望以眼神捕捉信徒。她的右手掌撐著一臉專注的腦袋，手肘靠著右膝。就在他正等待著什麼的這一刻——等待公車，或是另一段得以重生的劫數[45]，他們產生一種在反思中找到菩薩的感覺。站在他們身旁的士兵嘆口氣，說：

「他會來。未來。當他到來時，美好的未來。」

M太太問那會是什麼時候，士兵擺出一副表情，表示以人的智慧是無從理解時間消長的。

他們點了香，拿在手上深深鞠躬。

當士兵繫好鞋帶，老人再次出現，帶領他們走過寺院上面的小路，透過稀疏的灌木，他們得以看到一些不顯眼的木造建築。士兵則跟在他們後面。

「這位是什麼師父？」M先生企圖多了解一些，但是無法得到合理的答案。

「一隻眼睛在頭上。」這位意料之外的翻譯神祕地點了點頭說道。

有個身形修長、留著平頭白髮，穿一身深灰鋪棉工作外套與鬆垮灰長褲的男子前來迎接。機靈的M太太遞上一盒比利時巧克力，這分心意讓主人很是歡喜。男人相互交談幾句——M夫婦當然什麼也聽不懂，但知道這無疑是在談論他們。

兩人坐在一幢簡樸的小屋前，屋子有木板拼湊而成的門廊，地上是用石頭築起的小火窯，上面燒著一口深紅色的笛音壺，正吹出走調的哨音。主人把滾水倒入略帶刮痕的茶壺，滿意地笑了笑。他對士兵說了些話，隨後士兵開口：

「你們可以問了，他準備好了。」可是他們不懂什麼意思。

「我們該問什麼？」

「想問什麼都可以。你們應該有一些問題吧？這裡可以問，他什麼都知道，什麼都能幫你解釋。」

M先生和M太太面面相覷。M太太的眼神中充滿鼓勵，要他提問，畢竟他們之所以身在此地，都是因為他的緣故，而M腦中浮現出一個再簡單不過的問題：他會死嗎？這是世上最蠢的問題，所以他沒有問出口。M很氣自己忘了那些筆記和領悟，忘了那些不確定的狀態，也忘了夜裡糾纏不休的想法……就在那時，他的妻子開口問了施茶者的身分，士兵自信滿滿地翻譯這個問題，那人立刻露出笑

45 印度教與佛教計算時間的用語，可以是極長或極短的時間。

容。他添上一些柴火，說了一串貌似比一般回答還長上許多的答案。過了半晌，士兵開口翻譯。

「一個普通人，頭頂上有隻眼睛。和尚——說是頭上有隻眼睛的和尚，但沒有話要回答。缺很多時間。沒有太多時間。」

M先生整理思緒，準備提出第一問。他總算多想起了其他問題。

「為什麼這世界上缺那麼多東西？為什麼人人都覺得不足？」

士兵目不轉睛地盯著M先生，而M先生似乎感到他的不情願。接著，士兵開始對和尚說話。和尚玩弄著一根小棍子，把燒得灰白的煤炭撥成一堆。他用沉著的語調說了幾句話，接著用燒得發紅的棍子末端在空中畫了個圓。

「痛——」士兵翻譯道，「每個人都痛，每條生命都痛。」

說到這兒他好像就卡住了，眼巴巴望著M先生和他太太，似乎想迫使他們理解這簡單的事。

「什麼都沒有。」他無能為力，只是加上這麼一句。

和尚點點頭，又笑了笑。

「誰給了我心臟？」M先生問。

「心臟？」士兵反問，不懂這人在說什麼。

M指著自己的胸口。

「給我心臟的人可能來自這裡，他被帶走了嗎？我該做些什麼？」他決定不再多做解釋，反正那個人什麼都曉得。

士兵突然興致盎然地對和尚說了些話，和尚則揚起眉毛。士兵也指了指自己的心臟。和尚的眼神裡一下子出現疑惑，一語不發地給他們倒茶。茶喝起來很苦，像湯藥，然後他開始說話，但沒有等待翻譯，只是滔滔不絕地說著，彷彿在背誦什麼一樣，猶如在對茶壺施法——只是非常小聲，以至於他必須靜止不動，幾乎要停止呼吸，才能聽見每一個字。和尚的聲音令他心安。過了一會兒，M先生放鬆了下來，一旁的士兵則如坐針氈。他的工作遭到忽略，顯然令他不自在，甚至怯怯地試圖打斷和尚，和尚卻以手示意、阻止了他，彷彿在驅趕闖入的蒼蠅。或許他深信中文的聲調能激發至今仍未用上的腦神經，喚醒某種衝動，如此一來，翻譯就變得不必要，畢竟人人皆有佛性……只不過，M夫婦什麼也不懂。

無奈的士兵聳聳肩，開始調整軍靴的鞋帶。

和尚語畢，爐火裡的餘燼暗下，變成血紅色。

「時間不早，我們得走了。」M太太意識到這裡不會再發生什麼別的事情，於是說道。

她站起身，丈夫則不情願地跟在她身後。

他們在黑暗中往回走，因為小路變軟，化為溼漉漉的濘雪，他們只好穿著最好的登山靴，雙腳在斜坡上滑來滑去，褲腿上自然沾滿灰泥。

他們付給士兵的錢比預期更多，士兵感動道謝，同時也覺得表現不盡完美，心感羞愧。

那晚，他們默默地收拾行李。夜裡，M先生又受噩夢所苦，躺在旅館悶熱的房間。在他看來，唯一的幫助似乎是直視黑暗。

早上他們前往機場，接著去到那個每年此時都屬於他們的地方——泰國。他們相對平靜地在這裡度過剩下的冬天，大多時候躺在沙灘上，或在網路上檢查自己的帳戶餘額。為了好好生活，他們在春天時回到了歐洲。

8 轉蛻

當她從站點出發，自動車問了她幾個例行問題，像是：想聽音樂嗎？想聽什麼樣的音樂？或是：要調整車內溫度嗎？還有：來點香氛嗎？還補充說明某些主題的對話包含在搭乘的費用，並用平平的語調開始舉例：「植入式健康保險的範圍」、「獲利投資——格陵蘭房地產市場」、「雙向系統轉為單方系統的成本與利潤」、「嬰兒設計如何成為進化的一部分」、「健康——人類老年學——發展願景」……

「不用了，謝謝。」她說，為了再三確認，又追加「不用、不用。」

接著是一陣自在的沉默。有那麼一瞬間，她有種荒謬的錯覺，覺得自己聽見失望的自動車發出咕噥聲。它靠著衛星的指引，開始以穩定的節奏前進，幾近無聲地平穩滑行，不違規超車，也不進行危險動作，讓行人在車道上通過，並透過大量感測器留意各種動靜，甚至能感應到最後一刻跑向車輪的動物。女人蜷縮在角落，用外套蓋著身體，雖然一點也不覺得冷。

她做了這樣的夢。

「看！」她姊姊說。

那是某個假日，她們站在老屋的水槽邊一起做飯。

她望著她的手，驚見它們消失在自來水流下，彷彿是冰做的，就這樣模糊、溶解。

「妳看！」她說，將兩隻義肢拎在眼前，「我再也不需要這些了。」

她夢見了正要去見的姊姊。蕾娜塔。

園區離機場很遠，坐車得花上三個小時。自動車沿著越來越窄的道路行駛，路邊出現黃紅告示牌，上面寫著大大的：轉蛻場。「蛻」字稍高了些，識別標誌是一座向上的樓梯——亦即，進入轉蛻場就好像步入了應許之地，而移動式告示牌上閃耀著野生動物的迷人圖像，深深強化了這個神祕的標誌。她冷漠地看著，完全不以為然。出於某種原因，她特別重視城市給人的印象——在安全規劃的空間裡恍惚入眠，還真是符合人類的想法和度量。

等著她的是一間小木屋，有四間臥室及寬敞的客廳，完全就像租給家庭的夏季度假屋。車道入口的相機仔細掃瞄她的臉，大門悄然無聲打開，自動車開至小屋門口，她下了車，拿出那少得可憐的行李，車子則禮貌致謝，隨後揚長而去。她一時感到有些內疚，因為她拒絕和它有任何接觸，整路都在睡覺。但這當然是愚蠢的感覺，一如所有的偽情緒那樣。

房子準備得很完美：鋪好的床、布置好的桌子、裝得滿滿的冰箱、乾淨的毛巾、播放古典音樂，還有一瓶公司送的好酒，上面寫著祝福話語。而這正是她做的第一件事——幫自己倒杯酒。

木造露臺通往湖畔，面向此時平靜的水面與彼岸一條暗色的線。其他平房隱藏在林中，看起來一片幽暗，且毫無動靜。但是她看到其中一棟亮著燈的房邊停了一輛車。這麼一來，她姊姊今晚就不會寂寞了。後方更遠的地方，就在樹林的深處，占地頗廣的建築坐落其中。由於玻璃牆上的光學迷彩，與其說看見它們，不如說是感受到它們存在。這裡很安靜，聞起來有森林地面的味道，像是落下的針葉，也像菌類和松香，很難相信這不是什麼省立復健醫院，而是世界上最大的醫學轉化中心。

雖然她們離得很近，此時，蕾娜塔就在轉蛻綜合大樓的牆後。但是自從幾個月前最後一次見面，她就再也無法和姊姊溝通。她覺得自己可能再也認不出她了。這是一股非常不舒服的感覺——她體內的一切都奮力想幫助姊姊，卻不得就這麼打住。上次她學到一課，若與這種非理性的力量打交道，就會像是處理偽情緒。烙印在腦中的那句心法是這樣說的：情緒向來是真實的，不真實的可能是引起情緒的原因。由假因引起的情緒與由事實引起的情緒同樣強烈，因此常會把人引向錯誤的方向。只要撐過去就好，什麼也別做。

時至正午，參觀的時候來臨，她只好冒著寒意前往那棟巨大的展館。她沿著石墨烯玻璃牆走，牆上映照樹頂的天空。她試著尋找門或窗之類的東西，又或是一丁點痕跡，但是整座建築的外牆看起來都是不透明的，而且非常光滑，好像是由一個模子打造出來。這裡沒有主入口，也沒辦法看到室內的樣子。

她走到垂直的黑牆前，說：「我來了。」然後在那站了半晌，給建築物一點時間辨識她。「我看到你了。」巨大的轉蛻樓說，並放她進入室內。

引領她姊姊並且負責整個轉蛻流程的崔教授看起來很中性，有著修長的身材，體格精壯。他跑下樓梯，笑著迎接她，態度溫柔得就像迎接朋友。他穿著緊身的黑色運動服，頭戴了頂帽子。她心想，或許崔是女人——袖子上的全像識別寫著崔醫生，對辨認性別沒什麼幫助。像崔這種人看起來就是家境富裕，會潛心關注自己和自己的身體，從出生起就完美，幾乎所有細節都經過設計，腦子聰明，也清楚自己的優勢。她可能要稱呼崔為「它」，但是，在她平常使用的語言裡，這樣聽起來非常奇怪。因為自古以來中性詞就不是保留給人類，而是用在非人的物體，彷彿人類就是必須因性別的兩極性而受折磨。所以她預先決定要把崔當成「他」，這樣有助於建立距離感。她討厭自以為是地越線。

「妳沒怎麼睡覺吧。」他關心道。

她怔怔地望著他，突然覺得自己一點也不想跟他說話。她忍住一語不發、轉身離開的衝動。她想說些什麼、打聲招呼，卻哽咽難言。她的眼睛裡盈滿淚水，而他只是注視著她。

「遺憾是一種奇怪且完全不理性的情緒，」他說，「一切都已成定局。它無法讓任何事回到原狀，只是讓你感覺無能為力，一點好處也沒有。」他有雙深不可測的漆黑眼睛和一張普通的臉孔，看起來知道得遠比想要的還多。此人聰穎睿智、一針見血，但是具有同理心。

「要去外面嗎？」他動了動頭，示意森林和湖泊。

牆壁滑開，他們置身一座穿過了針葉林的露臺，她隨他走向水邊，從口袋裡掏出一張照片遞給他，一個字也沒說。她和姊姊坐在靠著自行車的木柵欄上。那是四十五年前某個假期，他們去鄉下找母親的弟弟，年長的蕾娜塔教她騎自行車。那時她七歲，而蕾娜塔十三歲，兩人都看著鏡頭，彷彿望向未來，注視正看著這張照片的旁觀者。

崔仔仔細細看了這張照片。她覺得他似乎很感動。

「很多人都這樣——就是會拿相片，」他說，「是想試圖了解原因，對嗎？妳在找尋原因，這是可以理解的。因為妳感到內疚。」

「她看起來總是這麼有條有理，真有她的作風。」

「如果妳想，我們這裡有心理醫師。」

「不用！」她說，「我不需要。」

水波把他們的話帶向湖對岸的樹林深處，那裡沒有任何人可以進入，據說靠近「心」之地帶，因為她從小就有印象人們在爭論「保護區」這個名稱。

「那裡有些什麼？」過了一會兒，她問。她有好幾次都懷疑這人是否真心相信自己所做與所說的一切。又或者，他僅是「轉蛻」這個新產品的優秀推銷員。

「野生世界。沒有人類。因為我們是人，所以不能去看那裡。我們自己與之分離，現在，為了回歸那裡，必須改變自我。我無法看到不包括我在內的事物。我們禁錮在自己身上。一場詭局。一個有趣觀點，但也是演化中的致命錯誤：人向來只看到自己。」

她突然被他的電報式作風觸怒，這種短促又簡單的句子，簡直就像老師在對孩子說話。

「我完全不懂。我可以成為她一千次。眼睛看著她，腦袋想著她……」可是她必須就此打住，因為她開始嘲弄他了。「但我不明白怎麼會這樣，怎麼會想要這樣……」她甚至不知道該怎麼說，「……違背自然。」

她撇過頭，努力藏起充滿憤慨的淚水，儘管她已在腦中一遍遍思考處理這件事的過程，以為今天不會有什麼情緒。她突然覺得自己聽到了他輕輕的笑聲，不禁越來越火大，轉朝向他。但他只是咳了幾聲，並點燃一根健康菸，所以她更快、更大聲地說：

「我會在這裡，只是因為家裡沒有人想要弄這些。我是她妹妹，父母都已經年紀大了，對這些事也不了解。孩子毫不知情就得接受她的決定——至少一個孩子是這樣。她兒子還完全置身事外。我只是覺得很痛苦。我一肩扛起這件事，但是我不懂。說真的，我也不想懂，我不在乎，我只是來辦手續的。」

憤怒對她有好處，能帶給她力量和信心，但崔醫生，這個身材魁梧、有著一張捉摸不透面孔的亞洲人，仍然用著一種可以說是帶著優越感的溫柔眼神看著她。

「妳有權利生氣和失望，這就是妳保護自己的方式，保護自己的坦率和正直。」他更自以為是了。她真是無法忍受。

「滾開。」她用脣語對著湖面的方向說。她沿湖畔移動，水面上波光粼粼，彼岸的樹牆與大片藍天使她的怒火漸漸平息。她感覺平靜從水面上湧來，甚至異常地不在乎，就像當時她第一次離家、決定不再回去的感覺。她坐上公車，不斷地對自己說：「我沒有愧對誰，因為人們都要為自己的選擇負責。」

「人怎麼會想不去做自己？」她對走在後頭的崔說。

「這是自殺，就某方面來說，你們依她的意思，為她施行安樂死。」

崔抓住她的手，讓她停下。他脫下帽子，現在，他的臉看起來更女性化了。太陽能直升機的機翼在他們頭頂上沙沙作響。

「西方人相信自己和別人、別的生物截然不同，認為自己是獨一無二且不幸的一群人。他們談論『活在當下』，談論絕望與孤獨；他們歇斯底里，喜歡庸人自擾。這不過就是小題大作。為什麼我們要假設人和世界之間的差距，比其他兩種存在更大、更重要？你感覺得到嗎？為什麼你和那些落羽松之間的差距，在哲學上比起落羽松和——比如說啄木鳥吧——要更重大呢？」

「因為我是人。」她毫不猶豫地回答。

他悲傷地點了點頭，似乎已預料到他們將無法溝通。

「你記得奧維德[46]嗎？他感覺到了。」崔坐上欄杆，繼續說。他身後是那面湖。「變形從來就不是建立在機械式的差異上，轉蛻也是如此：它將相似性凸顯出來。從演化的角度來說，我們所有人仍是黑猩猩、刺蝟和落羽松，這些都存在於我們身上，我們可以在任意時候伸手拿取，而且我們之間沒有不可逾越的鴻溝，隔開彼此的僅有縫隙——『存在』的微小裂縫。*Unus mundus*[47]。世界是一體的。」

這些話她聽過很多次，但是不知為何，這些論點對她沒有影響力。她認為這太抽象。她更想知道轉蛻是否伴隨著疼痛？她的姊姊在那裡會感到孤獨嗎？轉蛻的過程會在力場中進行——這是什麼意思？人是否直到最後仍有意識？還會是自己嗎？如果姊姊改變主意了呢？這樣該怎麼辦？她有幾次幾乎陷入驚慌，因為對她來說，她似乎該要強行救出姊姊。綁架她，然後把她關在家，要她好好活著，就像往常一樣平凡地活著，如同已經發生了百次、千次、萬次那樣——每個人都安分守己地待在自己的小天地，留在自己的位子上。半年前她就是在這裡的公園向她告別的，當時她們都冷靜又理性，幾乎沒有說話。蕾娜塔遞給她滿是簽名和官方全息圖的公證文件，最後交給她一條項鍊，上面是水滴狀的水晶，這是她唯一配戴的首飾。就在蕾娜塔走向轉蛻樓時，她手握墜鍊的妹妹立刻感到一陣呼吸困難，一如人們意識到一件不可逆的事情正在發生一般。她目送她離開，希望她能回頭看，甚至是改變主意回來。但是沒有，沒有發生這種事——她只看到她的背和一扇無聲滑開的暗門，化為一片不透明的黑色。

「她還在這兒嗎？在哪裡呢？」

---

46 奧維德：全名普布利烏斯·奧維修斯·納索（Pūblius Ovidius Nāsō），英語稱之 Ovid，古羅馬詩人，知名著作為《變形記》。

47 拉丁語字面意義為「一個世界」，是西方哲學、神學與煉金術的一個基本概念。心理學家卡爾·榮格（Carl Gustav Jung）詮釋為個人與心靈和至高無上之存在的結合，即東方思想中的「天人合一」。

崔指向轉蛻樓。

「她已經準備好了。」

此前他們已經有過幾次談話，但她不喜歡崔。雖然他聰明、溫暖，甚至體貼，可是她知道這個人無法帶給她任何安慰。她直覺感到他散發的優越感，卻不知道他實際上在想什麼。他重複手冊上的內容，似乎認為找尋其他方式來向她解釋整個過程是浪費時間。奧維德的《變形記》（*Metamorfoz*）就像旅館提供的聖書般放在床邊。那是本很精美的版本，裡頭有版畫的古老風格，讓人想起十九世紀的書——可能是為了喚起對古老、自然與堅實事物的念舊之情，為了撫慰人心。她在手冊中多次讀到，世界上不存在任何不變的同質物，這個世界是各種力量和關係相互擠壓的流。每種生物都擁有使其生存的意志，而現實由數十億實體相互交疊而成，在意志這張網上相纏。其中一些是繁複、可塑的，另一些則是不可控且宿命的。在這樣的世界裡，界限是虛幻的，許多迄今為止無法想像的事情都成為了可能。而現今的醫學能夠打破這種脆弱的界限。

「我們回去吧！」她已想結束這段對話。「我很冷。」

她湧上一股如搔癢般輕淺的煩躁感，對他自命不凡的指導語氣感到惱怒；對他的完美無瑕感到厭煩。他歉然望著她，道了再見，並說晚上會加入他們。

她們都過著平凡的生活，都在幸福的家庭裡長大。父母彼此相愛，直到逐漸老去這件事占據了他們的心思，直到不再交談。戲劇性的場面與悲劇——符合人類的接受尺度。健康——也在掌控之中。孩子——兩個女兒——幸福美滿。她們相差六歲——差距少得可以共用一個房間，又多得不能聽同樣的音樂，不能時時互借時髦的衣服。她們之間隔著一片不容通行的空白。她們之間有著同情，那是一種容易被錯認為愛的情感。她們好奇地打量對方，但是在本質上，她們沒有太多共通點，所以各自走在自己的路上。

她們是繼親姊妹，彼此的父母各自帶著行李走進一段關係——她屬於媽媽，而姊姊屬於爸爸。她們一開始就明白，兩人必須成為朋友以拯救自己的父母。她們獲得攜手創造和諧家庭的任務，而這項任務成功了——她們產生相似的責任感。

那時她六歲，蕾娜塔十二歲。蕾娜塔的親生母親去世得早，因此她不記得她，或許正是因為這樣，她很快就接納並愛上新的母親。無從埋怨。年幼的她很驕傲自己有個姊姊。她讀的書、聽的音樂、青蛙的乾屍、從朋友的生日派對上晚歸，她還以為她患上某種疾病，後來才發現是酒精常見的副作用的奇怪狀態。這種種都令她仰慕欽佩。她還記得姊姊晚上讀書時，電腦螢幕上的光會讓她的臉看起來像一副面具。

蕾娜塔高中一畢業就搬出家裡，消失在大城市好幾年，只在節日的時候探望家人。她唸的是太空工程，後來才發現，矛盾之處在於你不需要離家就能仰望天空。畢業後，她大部分的時間都坐在螢幕前，循著圖表數字寫上自己的文字。他們定期付給她豐厚的報酬。她後來懷孕，並和一個和她一樣沉默寡言的工程師住在一起，他是來自某個遙遠國家的水處理專家。那人經常外出，但是他們過得很好——至少看起來是這樣。他們在南方買下房子，養了蜜蜂，擁有一座野生動物花園。有一次，大火吞噬了他們的養蜂場，但他們後來重建了。她還記得蕾娜塔在電話中為這些蜜蜂哭泣，她想不起她曾為其他事情掉過眼淚。姊姊的生活與她的混亂相比，有如一條鋪好礫石的筆直道路。她很少來找她，她記得她穿著運動服、綁著髮帶的模樣——她跑長跑，越野跑，痴迷地跑。

洗完澡、泡好咖啡，她坐在露臺的階梯上，想再看一看那座湖。水面吸引目光的同時，卻沒有什麼其他好關注。於是思緒在湖面集結，頑固地滑向過往。過去幾個月裡，她不停思索，蕾娜塔的人生中的什麼地方可能出現轉捩點、會是轉變開始的跡象，或想要進行轉蛻的第一個念頭來源。她是否精神崩潰，或是經歷了某件所有親人都不知道的事。那是什麼時候發生的？過去的畫面在她眼前閃動，她在細碎的回憶中迷了路。也許這些原因擁有塵埃的特質：個別粒子是很難察覺的，但若為數眾多，便能形成密集的宿命雲。浮現在她腦海裡的第一個畫面是：她們站在鏡子前，把裙子提上大腿，相互比較。她很滿意自己的腿比姊姊漂亮，更纖細也更修長。蕾娜塔也是這麼覺得。接著，她們只穿著內褲就跳上沙發。第二個畫面是：她們在學校操場上和其他女孩賽跑，距離為六十公尺。蕾娜塔沒有像其他人一樣停在終點線，而是繼續繞著操場跑下去。第三個畫面：她們在海邊把自己埋進沙裡。蕾娜塔不想出來，在沙堆裡躺上大半天，只在呼吸時看到沙子輕微移動，結果晚上就發現臉晒傷了。

能夠解釋現在發生什麼事的那一刻到底在哪兒？一定有個開始吧？變化的徵兆，起始點，某個想法，某個創傷事件，某個因閱讀或音樂導致的變化，某個就算知道在宇宙的時間不足以一一聽過，仍不停發給對方萬中選一的音樂檔案。各種事件和片段閃過腦海。父親曾經說過，蕾娜塔出生時哭得聲嘶力竭。

她全靠一名年齡不詳的親切男子打理菜單，漂亮的磚紅色皮膚與衣服的白色形成賞心悅目的對比。他幽默地給了她一些點心上的建議，彷彿在為她們準備單身派對，她卻被他的好心情給激怒：

「這不管怎樣都算是告別式吧！」她愉悅而滿足地說——當然也懷著惡意。

他溫柔地看著她，而她覺得，他的目光裡帶有同情。

「不管是告別式、婚禮……食物總是令人愉悅。」這些色彩各異、圓圓胖胖的餅乾分別躺在幾個托盤上，各種顏色一字排開，宛若水彩盒。她因這般豐富的景象而感動，伸出手指，試圖在粉紅色、薰衣草色、覆盆子色、漿果色和可可色之間做出選擇。還有夾層奶油——金綠色、紫色。它們是如此不天然，如此人性化。有著磚紅色臉龐的男人對著餅乾點點頭。

「請試吃看看。也許味道能提供一點參考。」

「對不起，我一直都有選擇障礙。」

他遞上菜單。

「這只會發生在不重要的事情上。當我們真的想要某樣東西，是不會猶豫的。」

她不置可否地點點頭，擦了擦鼻子。他向她介紹開胃菜清單，驕傲地說：「無須多言，這些肉都來自自身的孵化器，都是乾淨的。」

她在餐廳前看到過真實比例大小的——牛、豬、雞、鴨和鵝——捐贈者身體組織紀念碑。她還記得那頭牛的名字：阿德拉。她無助地望向長長的菜單，瞄了負責人的臉一眼，那人黑色的眼珠熱切且好奇地盯著她。

「我可以抱你嗎？」她突然問道。

「當然。」他毫不訝異地答道，彷彿這項服務也包括在菜單裡。他環抱住她。他聞起來很平凡，像是衣物柔軟精。

過了一陣子，他的團隊開始為小聚會準備客廳和露臺。一箱箱三明治和沙拉端了進來，熟練的手紛紛把水果分放上托盤。

布置團隊離開時正是日落時分，她看見了非比尋常的景色：茂密的北方森林樹頂上閃爍著橘色光芒，有如一盞巨大燭臺倒映在湖面上。夜幕降臨。她看到黑暗從樹根下、林地岩石底、湖的深處冒出來，各種形狀突然變得尖銳鮮明，彷彿所有東西都想在消失於黑暗以前再次意識自己的存在。樹上的蠟燭熄滅，不知從何襲來的陣陣涼風比夜色還先抵達一步，於是她披上外套，走到湖邊。她的健康菸在黑暗中閃著火光——視力良好的人一定能從湖的對岸看見她的菸火在嘴邊來回移動。如果真的有人在看。

然後 Boy 打電話過來。雖然他已經四十多歲，不過在家裡大家就是這樣叫他的——Boy。她姊姊蕾娜塔的兒子。他說他不會來，還在那邊胡言亂語，大概是喝醉了。

「不要再折磨她和我們所有人了，」她輕聲回應他咄咄逼人的胡話。「你表現得像個被寵壞的孩子，什麼也沒做、一點忙也沒幫。」她感到自己正在醞釀情緒，憤怒一秒一秒增長。「你是她兒子，卻把事情丟給我。我處理好文件來這裡看她，和醫生講話，現在還必須弄他媽的餅乾。給我聽清楚了！你就是個可悲的王八蛋！」

她推開手機，任由它掉進針葉裡。

她嚼著外燴食物，坐在露臺上等待。彼岸濃密的黑線抓住了她的目光，只是那裡一點動靜也沒有。森林的線條倒映在泛起淺淺漣漪的湖面上。她看到兩隻大鳥在樹上盤旋，但旋即消失不見。

孩子長到好幾歲的時候，她拜訪過蕾娜塔。那時她已神采黯淡。她像往常一樣梳化、打扮得體，小巧玲瓏的身軀有些發胖，身材曲線也已模糊不可見。那時她已經不跑了，取而代之的是以快速而果斷的步伐，走上一段很遠的距離。她會滿頭大汗、全身暖烘烘地回來，接著消失在浴室。她從來就不是特別健談的人，但是這次她根本沒有吐露什麼，也不想聊關於自己的事。她笑容變少，似乎完全失去了幽默感。她把全部的時間都奉獻在花園和孩子身上，Boy和漢娜。她帶他們去上學、參加其他活動。三明治袋、午餐盒這些東西——她總是準備得好好。家裡面充滿某種特別的味道，黏稠、悶熱，孩子的味道。被囚住的味道。房間總是明亮，打掃得一塵不染，生活用品一應俱全。她的丈夫，一個冷靜、話少的男子，雖然白天會消失，只在晚上出現，但是看得出來他們的關係親密。也許他們對彼此的性格有所包容與體諒。當她——她的妹妹——難得來拜訪，她們整個下午都坐在客廳裡的淺色沙發上，確保不把任何一滴咖啡或茶滴在上面。她們面對著面，蜷縮在沙發的兩個角落，聊著如新聞跑馬燈般從她們身邊流過的事物：

漢娜六月要考試，丈夫的合約需要他出國一段時間，花園有不同的省水方法，最新的科學研究表示，尼古丁有助延年益壽。她們透過飄在空中的那種漫畫對話雲交談，接著是來自長壽的保證人，健康菸的煙霧煙消雲散。她著迷地看著蕾娜塔井然有序的生活，甚至有些嫉妒——她自己總是不斷在移動、在工作、在許多人之中——但回到自己的混亂時，她倒覺得鬆了一口氣。

後來發生了一些事情。孩子離巢的同時，丈夫也死於罕見的病症，彷彿有股黑暗力量提出不明所以的過錯，對她丈夫進行了審判。幾年後再見到她，她已是一個人住。她和菜販一起在森林旁邊購置一間小屋。一開始在那裡種些香草，但後來花園雜草叢生。她不再打理自己的儀容，停止染髮，而今灰白的頭紗順肩膀落下；白髮越發越多（那時她還不過四十幾歲），她的臉看起來就越暗沉。飽受風霜、凋殘枯敗。明亮的眼睛小心翼翼地轉著。她收回目光，彷彿害怕看進她的眼睛，害怕看到那裡有……有什麼呢？她會在那裡看到什麼？

她們待在一起兩天，一起做飯，一起坐在花園裡那張疏於照料的長椅上。她覺得只有自己不斷拋出想法，姊姊只有在看到狗時才會燃起熱情。她有三條像狼一般的大狗，牠們的目光從未離開過她。身為她的客人，她對於牠們的陪伴感到不自在。牠們以銳利目光徹頭徹尾地打量她，似乎能知曉所有情況細節。

幾乎空無一物的客廳裡掛著家用螢幕，以灰色柔光填滿整個空間。對她來說，第一眼很難了解上面顯示的是什麼。她原以為是一幅抽象畫，走近一看才看出寫實的細節。這是從高處捕捉的冬季景觀，山坡上滿是北方針葉林[48]，雲衫看起來像是隨意灑在白紙上的逗號。動物小小的身影在森林邊上的廣闊大地移動。牠們以等距離在邊上走著，規則的黑色形狀一個接著一個——像是印地安人部落，為了尋找更佳的居住地而遷徙。一連串動物走出視窗，然後再次從螢幕的另一邊出現。一遍接著一遍。

「這是兩群一起過冬的狼。」蕾娜塔說。她從後面走來，出乎意料地把頭靠在她肩上，令她驚訝不已。「妳看牠們走得多整齊。」她更仔細地看。動物的身影並不完全相同，那些在前面的看起來更小、更偏斜。牠們的間距也不同。

「他們全都把腳掌踏在領頭的母狼足跡上，比較弱小的就跟在牠後面。」她沒有看著畫，直接說。頭靠在她肩上的姊姊似乎已把畫中每個細節牢記在腦海。「然後才是最強壯的公狼，以防襲擊。牠們是戰士。在牠們後面，是數量最多的母狼和幼狼，婦女和幼童。而最後面——你看到那隻獨行狼了嗎？」牠和其他狼相隔甚遠，顯然已結束了這次的越野行軍。「自由電子。怪傢伙。牠們在牛群中也有一席之地。」

「噢！我以為那是狗。」她答道。

「別把狼誤認成狗。」蕾娜塔挪開身子，靠近畫作，向她介紹細節。「狼更大隻，牠們的腿更長、頭更大、脖子也更粗。妳看，這很明顯，牠們的尾巴更蓬鬆。」

「那妳的狗呢？」

「牠們是狼狗，雜交種，但不是狼。真正的差別在於目光。狗有理性、質疑、忠誠的目光；狼則完全不同，牠們不介入但專注，令妳不寒而慄。」

狼的話題明顯使她神采飛揚。

然後她們一起在廚房做飯，喝點小酒。這是她們最後一次見面。她記得她們在門口道別：

「動物是分辨意圖的專家，你知道嗎？」蕾娜塔突然說，好像在為一個實際

48 又稱泰加林（Taiga），布滿松柏的針葉林，分布於地球北部，如北歐、加拿大、俄羅斯、阿拉斯加等地。

上並沒有開啟的話題作結。「如果我們有意，可以向他們學習。倘若妳擁有這種能力，妳就能知道我想做什麼，以及為何這麼做。妳會平靜、沒有絲毫不安地接受。」

只是那時她並不明白姊姊在說什麼。

天黑後，父母和漢娜抵達。母親的臉色蒼白、憂心忡忡。她的嘴唇看起來不斷在收緊，彷彿正對自己說：「再堅持一下，還得再辛苦一下。」然而，這和蕾娜塔的決定沒有關係。母親總是這樣，就像穿著制服那樣板著這張臉，宣告道：「請在真的有重要事項時才來找我。」父親最近則給人一種完全超脫的印象，超然到很難猜出他內心的活動，以及是否真的發生了什麼事。有時他會沒來由地吹起口哨，關在自己的小世界裡，沒有人能進去。他唯一會看到的人就是妻子。

「什麼時候開始？」老太太一進門就問。她問得精準，像是某種不愉快的療程，為了之後能好好進行，因此必須忍耐。她靠著助行器移動。

「黎明時分。日出得很早。」女兒回答，攙扶她走上樓梯。

漢娜是個乖巧的孫女，把他們少量的行李（畢竟只有一晚）擺放在房中，泡好香草晚茶。他們近乎沉默地吃完晚餐，母親僵硬地坐到翻至第一頁的資訊手冊旁。她幾乎已經快背起來了，卻仍無法理解。

「只是想確定一下，」她用煩躁的語氣問道，「這是捐贈大體供予研究，就像我父母那樣，對嗎？將身體奉獻給科學。」

小女兒正在腦中收集字詞回答她，但是——好像不相信母親想聽她說。這顯然是種反詰。

「她死了。」父親拍拍妻子的手，拿起桌上一本彩色雜誌，快速翻過繽紛的頁面。蕾娜塔不知道他作何感受。現在他患痴呆症，成了世上最神祕的存在。比起自己的父親，理解松鼠要容易得多。

「我們還會見到她嗎？」母親勉強張開雙脣問道。「她還能以某種方式——這樣說吧——擁抱嗎？」

「我告訴過妳，不行。」孫女回答。「我們已在冬天時向她道別了，就幾個月前而已。」

「那為什麼又要把我們叫來這裡呢？」爺爺問。

「她根本沒有叫我們來，她即將離開，而我們想要見證她的離去。」孫女駁斥。

「一定要嗎？」父親低語。

結果 Boy 出現。他身著閃亮的黑衣，騎著一輛古董自動摩托車來這裡，身上還帶著酒味。他不久前與妻子離婚。一家人坐在露臺上，先把一些彩色餅乾變成五顏六色的碎屑，明天鳥兒就會來清理。Boy 摘下安全帽。

「為什麼要做這種可笑的事？」他說，「這整齣鬧劇是怎麼樣？這個神祕的園區看起來就像精神病院——事實上它就是！一堆神經病！你們全是怪胎，是你們把她逼瘋的！」

他把安全帽丟在地上，向湖邊走去。沒有人說一句話。

「你——們——都——有——病！」他在黑暗中大吼。

客人開始陸續抵達，她如宴會上的女主人般招呼大家。首先是瑪歌和她的伴侶，她是蕾娜塔的好朋友，然後是兩位年紀比較大的男人。看來，他們是姊姊的鄰居。

午夜過後不久，崔醫生從黑暗中出現，一如往常地套著黑色運動服，頭上頂著帽子。他把文件交給家人：護照、公證書、檢查結果和同意書。彷彿感覺自己的存在本身就是一種邀請，崔醫生自顧自的在桌邊坐下，還說他一直很想看看這個儀式，說這有點類似宇宙交響樂——混亂散落四處的元素，回歸到自己的位置上。

這個時候，Boy 的靴子在木造露臺上咚咚作響，她害怕她的姪子會再鬧事。雖然實際上她正等著這一刻，等待一場喧鬧，等待一些事情發生，好讓世界回到原本的軌道上。或許男孩會翻桌、推倒紅酒瓶，或許他會把剩下的那些彩色餅乾弄爛。她會理解他的，因為他們一樣害怕。但這些都沒有發生。他只是一語不發地走到露臺上，倒了杯酒給自己，望向湖的方向。她發現他的頭髮白了，也消瘦了。

她靠在木牆上點了一支菸，看到漢娜低聲和母親說話，輕拍著她滿是肝斑的纖細雙手。瑪歌在廚房裡加熱東西，而父親則看著蕾娜塔的舊照片睡著了，漢娜在他沉睡時從他手裡把照片拿了起來。

露臺上，人們的談話片段傳到她耳邊。有的焦慮，有的輕鬆，有的愉悅。崔醫生是其中的佼佼者。她聽到崔的聲音和幾段討論，有一會兒，他的嗓音在聚會的喧囂中顯得特別突出。有人不同意他的看法，但他的反駁被隱沒在一片嘈雜聲中。

然後她用眼角的餘光瞄到 Boy 和漢娜的身影，背景是波光粼粼的湖面——兄妹倆依偎在一起。

◆

東邊的天空開始轉灰，氣候變冷了。一陣微風不知從何吹來，或許只是為了吹皺湖面，現在這面湖看起來就像滿布火山灰的火山口。

「這是個重大的時刻。開始了。」崔醫生說。「你們看！」

儀式是這樣的：

一艘木筏從轉蛻樓的方向駛入湖中。其實那只是一座平臺。在遙控下，它平穩地滑向彼岸，那個人類無法到達的地方，滑往「心」之所向。起初僅能看見平臺的移動和水面的波紋，但隨著天空漸亮，光線反射在水面，他們清楚地看見了她。那隻動物如雕像般低著頭，靜靜站著。是一匹狼。

動物環顧四周，瞪著他們的方向好一陣子，直到彼岸的影子將牠完全吞噬。

9 諸聖山

飛往蘇黎世的班機準時抵達，卻在上空盤旋許久，因為機場被白雪覆蓋，不得不等待那慢吞吞卻十分有效的鏟雪車將積雪剷除。降落時，雲層正好散去，在熾熱、橘紅的天空中，清晰可見縷縷凝煙的尾跡縱橫交錯，在空中織出一張巨網——彷彿上帝親自邀請我們和祂玩場井字遊戲。

來接我的司機在鞋盒蓋上寫了我的名字，一見到我就說：

「我得帶你去民宿，因為上山去研究院的路完全被掩埋了，我們到不了的。」他說著一口奇怪的方言，我聽不太懂，也無法理解這個情況，畢竟現在是五月。五月八日。

「您看看，這世界反了。」他把我的行李拿上車，指著越來越暗的天空說道。「據說他們以此毒害我們，從飛機放出能改變我們潛意識的氣體。」

我認同地點點頭。這樣交錯縱橫的天空確實令人不安。

我們在深夜抵達，到處塞車，車輪在溼漉漉的雪地上空轉，以蝸速移動。路邊出現黏稠的泥濘。城裡的鏟雪車火力全開，但是遠一點的地方，亦即我們小心翼翼開進的山區，似乎無人清理路上的積雪。司機傾身向前，緊握住方向盤，他碩大的鷹鉤鼻如船頭般指出方向，帶我們穿過潮溼黑暗的海洋，航向港口。

我之所以會在這裡，是因為簽了合約。我的任務是以自己研發的測驗來研究一群青少年，這項測驗在歷經三十年多年的發展後，仍是世界上唯一的同類型測試，並在發展心理學領域中備受認可。

他們提供我這項工作的金額非常高。我在合約裡看到的時候，還以為寫錯了。同時，我也必須完全保密。委託我進行研究的公司位於蘇黎世，公司的名字我不能說。但也不代表我只是被金錢給誘惑，其實還有其他原因存在。

我很訝異「民宿」竟然是一間位在山腳下的修女院，既老舊又昏暗。鈉燈稠密的光線照在已開花的栗子樹。樹木遭遇了雪災，被恍若白色小枕頭的雪覆蓋，彷彿遭受荒謬又難以理解的壓迫。司機領我到側門，把我的行李提上樓。鑰匙就插在房間門上。

「所有手續都已辦妥，您請睡吧！明天我會來接您的。」大鼻子司機說。

「早餐在冰箱裡，修女邀請您十點一起喝咖啡。」

我吃過藥才睡著，並且又一次處在我最喜歡的時間洞裡，我和我的身體不約而同掉了進去，那裡像是一個被鳥羽包圍的鳥巢。自從疾病纏身，每晚我都以這種模式訓練自己的不存在。

十點的時候，我見證了人生中最奇怪的喝咖啡儀式。偌大的房間裡，中央是一張巨大的木桌，桌面上淨是使用過好幾世紀的痕跡，桌邊坐著六位披著修女袍的老婦人。我走進房間時，她們輕輕抬起頭。桌子兩邊各有三個人，整齊劃一的修女袍讓她們臉上的輪廓也變得相似。第七位修女充滿活力地走來走去，在長袍外繫著一件條紋圍裙，她剛把一大壺咖啡放下，用長袍擦了擦手，便走向我，伸出瘦巴巴的手。

她向我打招呼的音量有點太大，這件事是有原因的，而我後來才知道：多數老婦人的聽力都不太好。她介紹我的名字給大家，並快速帶過修女的名字——全都非常奇怪。最年長的叫碧雅翠絲。還有英格堡、塔瑪和夏洛塔，以及伊茲多拉和塞薩莉娜。毫無動靜的塔瑪吸引了我的注意。她看起來就像一尊古代女神的雕像，體型渾圓而高大，坐在輪椅上，一張蒼白、美麗的臉從披著長袍的身體裡長出來。我覺得她的眼神似乎能穿透我，彷彿能看到我身後某個廣闊的空間。她大概已經歸入某個執著的部族，在時光記憶的牧地上遷徙，而我們對她來說只是眼球上的頑固斑點。

我滿訝異地觀察這個分成用餐區和烹飪區的廳堂：該空間寬闊明亮，裡頭有多個瓦斯爐、烤箱以及麵包窯，牆上掛著巨型平底鍋和鍋架。窗戶下是水槽區，一個挨著一個，就像工廠食堂的後場。水槽上面蓋著金屬板，所有器具不是塑膠材質，而是以金屬製成，並以管狀螺絲固定，活像尼莫船長[49]的船上搬下來。這裡的無菌整潔度立刻就讓人想起古代的實驗室，以及弗蘭克斯坦博士[50]的冒險實驗。這個房間裡屬於現代的東西就只有彩色的垃圾分類桶。

夏洛塔修女解釋道，其實這間大廚房已經好幾年沒使用，現在姊妹們都用小瓦斯爐做飯，或是叫當地一間餐廳的外燴食物。穿著圍裙的安娜修女看起來是修女院的院長，她接著說她一九六〇年代來到這裡時，修女院裡住著六十位來自歐洲各地的修女。

「這裡曾烤過麵包，我們還做過起司，每塊有十五公斤重。現在做七人份的起司和麵包實在划不來……」夏洛塔修女開口，彷彿準備發表長篇大論。

「是八個！我們有八個人。」安娜修女樂觀地說道。「您去了那裡之後，請再來拜訪我們吧！」她用下巴示意一個令人不太確定的方向——上方。「那也是

---

49 法國作家儒爾・凡爾納（Jules Gabriel Verne）的作品《海底兩萬里》（*Vingt mille lieues sous les mers*）中的主人翁。

50 英國女作家瑪麗・雪萊（Mary Wollstonecraft Shelley）的作品《科學怪人》（*Frankenstein*）中的主人翁。

我們的機構。有一條穿過牧場的捷徑，步行只要半個小時。」

咖啡壺從一隻手傳到另一隻手上，熱騰騰的深色液體流進杯子。然後修女的手充滿活力地伸向奶精罐。衰老的手指輕輕扳開鋁箔膜，把奶精倒進咖啡裡，接著將鋁箔膜撕到底，如同鋁製的聖體[51]一般。薄膜來到她們的舌尖上，舌頭熟練地輕輕一舔，便讓它恢復純潔無瑕的光澤。接著，嚴謹的舌頭伸到杯子中間，掃淨裡頭（哪怕是）最微小的滴液。修女以重複做了數百次的熟練手勢得心應手地舔著奶油，現在要把黏在上頭的紙條與塑膠杯分開。修女敏銳的指甲撕開黏著處，得意地扯下紙條。這些動作的結果，便是每個修女面前都有三種回收物：塑膠、紙和鋁。

「我們愛護環境。人類是獨特的生物，如果繼續這樣下去，我們會瀕臨絕種的。」安娜修女故意對我眨了眨眼。

其中一位修女輕笑。「說得有道理，每年一個姊妹，可準確了。」

我忙著重複她們做過的動作，沒注意到第八個女人近乎無聲地走進廚房，在我身旁坐下。我直到感覺到她輕微的動作，轉頭一看才發現她。她是一名年輕女孩，身上也穿著和那些老修女一樣的修女袍。黝黑的皮膚讓她在其他蒼白的修女之中格外顯眼——好像這幅畫上的肖像中就只有她是剛用新顏料畫上。

「這是我們的姊妹斯瓦蒂。」院長特別驕傲地介紹她。

女孩一副事不關己地笑了笑，起身收集分類好的垃圾，丟進彩色的桶子裡。

我很感激院長待我像是自己的老朋友。手機響起，她從口袋裡掏出各種東西：鑰匙、硬糖、小筆記本、發泡錠……手機好像是老諾基亞[52]，可以說是——是上古時代的產物。

「好，」她用奇怪的方言對著話筒回應，「謝謝。」接著對我說：「司機在等了，孩子。」

我順著老式建築的迷宮指引到達出口，可惜著沒把咖啡喝完。外頭的五月陽

51 在天主教中的聖體聖事與領聖餐傳統中，吃下象徵耶穌身體與血液的餅與酒，表示將自己與耶穌相連。

52 諾基亞（Nokia）：芬蘭行動通訊公司，曾是手機市場龍頭。

光很刺眼，我聽了一會兒融雪的音樂會才上車。厚實的水滴由四面八方落下，霹哩啪啦打在屋頂、樓梯、玻璃窗和樹葉，在腳下匯集成涓涓細流，把雪的古怪變成了水的平庸，向下流進湖泊。不知為何，那時我想起每位披著修女袍的老婦人都帶著尊嚴等待死亡，而我卻在苦苦掙扎。

「您看看，工作的環境非常好。」那天，項目研究主任丹妮對我說。她操著一口有義大利口音的英語，雖然她的輪廓比較像是印度人，或是遠東民族的族裔。「這是您的辦公室，甚至不用走到戶外工作。」她微笑說道。她身旁站著一個男人，格紋襯衫緊包住他的大肚腩。維克多，他是項目總監。

她說不遠處有一條遊客登山道，可以不費勁地（約三個小時路程）登上巨大的山頂，那裡景致繚繞，會讓人誤以為自己還在低地上。

研究院是一棟現代的混凝土建築，由各種線條構成。鋁柱支撐著巨大的玻璃帷幕，反射出自然而不規則的形狀，讓整個建築物的壓迫感變得柔和。這座現代建築的後方還有另一棟大樓，明顯是二十世紀初的建築——看上去以為是學校，尤其是看到前面的操場，有一群年輕人正在踢球。

疲勞感重壓著我，大概是因為所處的海拔高度導致，雖然也可能只是因為，不知為何，這種感覺最近就是常常出現。我請他們帶我到接下來幾週落腳的房間。就我這種狀態，下午應該非休息不可。疲累感往往會在兩點左右襲來，讓我昏昏欲睡、行動遲緩。那時，我會感覺到白天正在崩解，感到低潮，並且直到晚上都無法提起精神。七點左右，我才不情願地開始工作，斷斷續續做到午夜。

我沒有成家，沒有建房屋也沒有種樹，我把所有的時間都奉獻在工作、無止境的研究，外加讓研究通過複雜的統計程序。我一直相信，這些比我自己的感覺更重要。我的人生成就是心理測試，一種能夠幫助研究初生態的心理側寫，也就是研究尚未具體化、未強化為成年人的人格特徵。我的「發展傾向測試」很快就在世界各地廣泛應用，並且備受肯定。我因此成名，步入教授生涯，過著平靜的生活，繼續優化程序細節。時間證明了發展傾向測試有高水準的預測能力，因此可以準確地預知一個人會變得怎麼樣，以及其發展方向。

我從來沒想過自己會一輩子反覆做著同一件事。我以為我有著不安分的靈魂和滿腔熱血。我很好奇，倘若自己能像孩子一樣參與自己的測驗，以此判斷我會成為怎麼樣的人，肯定會得出以下結果：我將成為執著於一個想法、一種工具、勤奮不懈的完美主義者。

當天晚上，我們三個人一起到城裡的餐廳吃晚餐。餐廳的大窗戶正對湖面，漆黑的水面閃爍著城市的光輝，客人得以欣賞這般令人舒心的美景。這顫動的深淵不斷將我的目光從與會者身上拉走。我們吃了蜂蜜洋梨佐戈貢佐拉起司，主餐是松露燉飯，是這裡最高級的餐點。白葡萄酒也點了最好的。維克多的話最多，他低沉的嗓音蓋過綿綿不絕於耳的音樂——不幸中的大幸，因為它呆板又掃興。他抱怨我們缺乏具有超凡魅力的人，現在的人都是如此平庸，不夠資格讓世界變得更好。他那個格紋肚腩擦亮了桌緣。丹妮很親切，待我客氣有禮。她越過桌子傾向我，披肩上的流蘇千驚萬險地擦過盤子邊緣，差點就泡進融化的戈貢佐拉裡。我當然問了有關受測孩子的問題。問他們是誰？為什麼要受測試？還有「我們的項目」要用來做什麼——雖然當時我確實不太關心這部分。我們交談，是的，但我的注意力還是被那不比火柴頭大的迷你松露塊給吸引去。孩子會被聚集在一所稱為山林學校的地方三個月，透過學習和玩樂檢視他們的能力。他們全是領養的孩子，該項目是要分析社會資本對個人的影響（他這麼說）／或多方環境變量對未來職業成就的影響（她這麼說）。我的任務很簡單：以盡可能多的版本進行測試。他們想要得到準確的側寫和未來預測。這項研究是一筆私人投資，贊助商持有需要的所有許可，這是一項常年運行的項目，一直都是保密進行。我點點頭，假裝在聽、在吸收，但事實上我在享受松露。我感覺自從生病以來，我的味覺已經分離成好幾層，各自感知不同食材：蘑菇、義大利麵碎塊、橄欖油、帕瑪森起司、脆蒜末……不再有菜肴，只有各自鬆散的配料聯盟。

「感謝妳這位大名人親自來這裡。」丹妮說道，我與她舉杯對飲。

我們慵懶、禮貌地聊著天，享受食物，直到酒精鬆開我們的舌頭。我說，任何預測未來的想法都使人著迷，同時也會引起強烈、不理性的排斥。還會造成幽閉恐懼症般的恐慌，這肯定就是對命運的恐懼。人類自伊底帕斯[53]時期以來就一直在與之對抗。說到底，人們不想知道未來。

我也告訴他們，好的心理測量工具就如構造精巧的陷阱。當心靈落入其中，越是槌打，就越能留下痕跡。今天我們知道，人生來就像擁有不同潛能的炸彈，成長時期完全不會自我充實或學習，而是消除進一步的可能性。最後，從野生、茂盛的植物變成了盆景——一個修剪過後、矮化且僵硬的可能自我縮影。我的測試之所以與眾不同，是因為我檢測的不是在發展中獲得什麼，而是失去什麼。我們的可能性是有限的，因此也更容易預知我們會成為怎麼樣的人。

我的整個研究生涯都伴隨著嘲弄和貶低，被指控為超心理學，甚至是偽造研究結果。這很可能就是我變得既多疑防衛心又重的原因。一開始我會抨擊和挑釁，不過接下來我會退縮，並擔憂自己的所作所為。最令我氣憤的是那些不理性的指控。科學的發現起初看起來都不合理，因為理性對認知設下限制；要超出界限，往往需要把理性拋在腦後，必須深入未知的暗黑——這就是科學的發現一點一滴變得合理並被理解的原因。當我帶著我的測驗在世界各地巡迴，我都以這句話做為每堂課的開端：「是的，我知道這會令你們緊張和氣憤，但是人的一生是能夠預知的，這種工具是存在的。」接著，便會陷入緊張的沉默。

我們走進遊戲間時，孩子正拿著玩具玩角色扮演的遊戲。我們在走廊上就能聽見震天的笑聲。他們很難認真和我打招呼，畢竟我幾乎是他們祖母的年紀，而這也立刻在我們之間形成了一種溫暖的距離。他們沒有試圖和我變熟。一個機靈、大膽又瘦小的女孩問了我幾個問題：我來自哪裡？我媽媽說什麼語言？我是第一次來瑞士嗎？我住的地方汙染嚴重嗎？我有狗或是貓嗎？研究會是什麼樣子？他們不會覺得無聊嗎？

我是波蘭人——我一一回答——媽媽說波蘭語。我來過瑞士幾次，伯恩的大學跟我很熟。汙染相當大，尤其是冬天。當我們北半球的霧霾增加很多倍，卻仍

53 在希臘神話中，他於不知情的情況下弒父娶母。

然比我搬去的城市小得多。人們在我住的郊區不必戴口罩。研究會非常愉快。需要在電腦上做幾個測試，題目很平凡——例如：你喜歡什麼、不喜歡什麼，等等。你們也要看一些奇怪的立體塊，並告訴我有什麼含義。有些測試需要在一臺新創機器上進行——不會痛，最多就有點癢。你們肯定不會覺得無聊。一些晚上，你們會戴著一頂能監測睡眠、特別的帽子睡覺。有些問題看起來可能很私人，但是我們的研究員有義務完全保密。因此我會請大家盡可能坦誠相待。有一部分的研究得執行一些任務，這對你們來說會像玩遊戲。我可以保證，我們在一起的時間將會很愉快。有，我養過一隻狗，但幾年前牠去世，我就不想再養任何寵物了。

「您沒想過要複製（clone）牠嗎？」聰明的小女孩問道，她叫做米莉。

我不知道要回答什麼。我沒有想過這個問題。

「據說中國大規模進行複製。」一個有張鵝蛋臉、高大黝黑的男孩說道。

狗的話題引起一段簡短、混亂的討論，隨後孩子便回去玩遊戲，初步的交流顯然已經結束。他們讓我加入遊戲——就我的理解是這樣。我們派出的代表得用肢體語言來傳達一些訊息，而且不能說話。我們沒有分組比賽，每個人都只代表自己。我沒能猜出任何東西。孩子比出一些我不知道的遊戲或電影片段。他們來自別的星球，思維敏捷、走著捷徑通往對我來說算是完全陌生的世界。

我愉快地看著他們，彷彿注視著光滑、年輕、有活力、可人、直接與生命之源相連的物體。那不可思議的膽怯還沒受局限，未被確立。他們的內在還沒有被破壞或僵化，也沒有任何東西遭到封存——有機體歡快向前邁進，因山頂的存在興奮向上爬。

現在回想這一幕，我還能在腦中清楚地看見迪爾里和米莉。迪爾里——高䠷、皮膚黝黑，有著厚重的眼皮，讓他看起來好像總是一臉無聊，沒完全清醒。而米莉——身材嬌小，像彈簧般堅持做自己。我也觀察了雙胞胎。當我進到一個不只一對同卵雙胞胎的房間，馬上就能感受到一種奇異的不真實感。這裡也不例外。第一對：兩個男孩坐得很遠，朱勒斯和馬克斯——他們的身材矮壯，黑眼睛，有著一頭黑色鬈髮和大大的手掌。接下來是兩個高高的金髮女孩，阿美莉亞和茱莉亞，穿著相同的衣服，專注且有禮，坐得很近，手臂都碰在了一起。我著迷地看著她們，不由自主尋找她們的相異之處。另一對，比如維托和奧托，則盡其所能地讓他們看起來完全不相似——一個留著刺蝟頭，另一個則是一頭長髮；一個穿黑色襯衫和長褲，另一個穿著短褲和彩虹上衣。我過了一會兒才發覺他們是雙胞胎。當我赫然發現這個事實，便一臉驚訝地盯著他們看。他們笑了，大概是習慣了這樣的眼神。米莉旁邊坐著漢娜，高䠷的十七歲女孩，有著模特兒身材和中性臉孔。她幾乎沒有參與遊戲，只是輕輕笑著，好像思緒飄到了別的地方。高瘦的阿德里安好動、急躁、有領導力——他第一個跳出來猜答案，破壞了其他人的興致。還有愛娃，她用有點像母親的口吻要他安靜，試圖恢復和平。這些孩子可以組成任何一種夏令營。

第二天，我開始研究的第一部分，埋首於心理神經學的參數之中。這是相當機械化的工作。簡單的記憶與感知測試：按順序排列積木，先用一隻眼睛看奇怪的圖畫，然後是另一隻。一如當初的承諾，他們玩得很開心。晚上，當我在我的電腦上跑數據，維克多來找我：

「我只是想提醒妳，注意妳簽署的保密條款。只能把資料存在內部系統。不要用任何你自己的東西。」

這激怒了我。我覺得這行為很無禮。

後來我在露臺上抽我每日的大麻捲菸，維克多不安的腦袋再度出現在門邊。

「這是合法的，我有處方箋。」我解釋道。

我把菸遞給他，他熟練地深吸一口，嘴裡含著煙霧、瞇起眼睛，彷彿在為一種截然不同的銳利感做準備，畫面中的一切都被勾勒成奇妙的柔和輪廓。

「你們找上我就只是因為我再活也沒多久了，是嗎？就是這樣吧？這是守住祕密最好的保證，不是嗎？」我得到一陣鴉雀無聲。

他吐出一小口煙，把剩下的吞了下去。起初他盯著地板，好像我戳破了他剛想出來的謊言。他轉移話題，說，根據這項測試預測人的未來，在他看來是違反常理的，但因為他是研究院的忠誠員工，又是研究委託人的代表，所以他不會公開表示自己的質疑。

「告訴我，這個測試是為了什麼？」我問道。

「就算我知道，也不能告訴妳。做就是了。做妳的工作，呼吸新鮮的瑞士空氣，對妳有好處的。」

我覺得他以此證實了他知道我的病。之後他陷入沉默，專注地抽菸。

「怎麼從這裡去修女院？」過了一陣子，我問他。

他一語不發地拿出筆記本，畫下一條捷徑給我。

的確——從山上到修女院的路是條捷徑，大概在牧場間的蜿蜒小路上快步下坡二十分鐘。必須穿過幾道牛閘門，有幾次還得從圍欄的電線旁邊鑽過去。我花了些時間和馬打招呼，牠們被春日的陽光晒得昏沉，站在融化的雪地上一動也不動，彷彿正在思考這種天氣的矛盾，在自己遲鈍的大腦中尋找某種綜合體。

安娜修女穿著白色圍裙迎接我——她正和斯瓦蒂一起打掃。走廊的長椅上放著一箱箱文件。修女撢去上面的灰塵，把它們放進推車，拿去地下室。可擺脫這項工作似乎讓院長鬆了一口氣，她領我去坐嶄新的電梯。我們上上下下搭了好幾回，還從修女院的住宅區走了一層樓到小教堂。兩顆發光的按鈕——向上和向下——提醒著我們，選擇實際上沒有我們看起來那麼多，認知到這個事實能為我們帶來解脫。

接下來，安娜修女向我展示了藩籬[54]，並張開雙手標出古老的柵欄線，那曾是兩個世界的邊界。

「我們會坐在這，那裡站著訪客。我們透過柵欄與訪客談話，神父也在這座柵欄前聽我們懺悔，你相信嗎？直到六〇年代。我們感覺自己就像上帝動物園裡的動物。每年攝影師給我們拍照也是透過這道柵欄。」

她向我展示那些緊掛在一起、用細框框起來的照片，上面是一群穿著修女袍、擺著姿勢的女人。有些人坐著，有些人站在她們身後，中間是院長媽媽。奇蹟似的，她看起來總是比其他人要壯碩、結實一些。儘管攝影師已經盡力不讓欄

54 藩籬（enclosure）：在天主教中受教典的規範，將神職人員以牆、圍欄等與外界隔離，區域內只有修道院裡的人員才可進入。

杆遮住她們的臉，有些人的身體還是被柵欄分隔開。我走在走廊上，時間回到越以往，照片裡便出現越多修女，她們的面紗和修女袍也越明顯。她們以這種方式占據空間，到了最後，女人的臉就像散落在墨色桌布上的米粒。我近距離觀察她們不復存在的臉，羨慕著這些女人，她們每個人的生命中都有特別的一天，上帝前來，對她說，希望她只屬於自己。我從來沒有過宗教信仰，也從來沒有感覺過上帝的超自然存在。

修女院設立於一六一一年。那時，兩位來自北方的嘉布遣[55]修女來到小村莊旁的山谷。她們從教皇和追隨她們的富人那兒得到了安全通行保障，在兩年內成功募集資金，並於一六一三年春季開始動工。起初建造的是給修女的小房間和一部分農場，然而農場發展突飛猛進，一百年後，這整個地區、山谷及周圍的林地都歸修女所有。修女院周圍的城鎮興起，部分仰賴修道院的經濟。位在交通要道上、濱湖的好位子，讓這裡經濟繁榮，居民富裕。

規定上允許那些稱為「外修女」的修女與外界保持密切聯繫，其他「內修女」則只能待在藩籬之內，罕見地出現在柵欄後面，一如恆久的圈圈叉叉遊戲裡令人無法預測的神祕要素。隱世修女的額頭緊蓋在頭巾之下，無止境地禱告，口中振振有詞念著，身體屈從地貼在小教堂的石地上，呈十字排開。她們無力抵禦恩典之流，保障了那時山林地區商業上不間斷的好運，對於小修女來說，那便是修女院財產的增長。或許在天堂的三角裂縫中，上帝之眼的目光恰好停留在這些祈禱的內修女身上，同樣一雙眼睛後來也出現在一元美鈔上。

外修女要經商，用來蘸羽毛筆的墨水沾滿手指，在帳簿上登記每一筆收到的雞蛋、肉品、布匹，或列入建造新庇護所給工人的支出，以及鞋匠為孤兒製鞋的費用。安娜修女敘述這些事情的時候就像在談論自己的家庭——帶著愛意陶醉其中，寬恕她祖先的小罪過，也寬恕他們對交易的過度興致。修女院如蓬勃發展的企業般成長，向下擴展到湖邊。這個修女家族直到二十世紀戰後才衰落。城市日益壯大，需要越來越多的土地來建造別墅和公共建設，人們也逐漸失去信仰。自一九六八年起，再也沒有新的修女來到修女院。當然，斯瓦蒂是個例外。一九九

55 天主教托缽修會派別之一。

〇年，安娜修女成為院長時，她們一共有三十七人。

為了填補日漸短縮的財政收入，修女院龐大的資產因出售而日漸減少，時至今日，修女院的範圍僅剩一棟修女居住的建築。剩下的土地分租給幾個農民。此時牛正在上面吃草。花園由健康食品商店的老闆經營，修女允許他在食品冠上修女院的名字，並以蔬菜和牛奶作為回報。事實證明，她們太晚知曉修女院的食譜能帶來商業賜福的潛力。這塊大餅早已被本篤會[56]、熙篤會[57]、天主聖約翰兄弟會[58]和其他教派給瓜分，他們嗅到修女與之競爭的可能，以男性聯盟之姿將其驅逐場外。她們也未能將修女院轉型成有利可圖的合作社。教堂旁的獨棟建築給了小學，而花園旁小小的建築物現在成了一間市府持有的青年旅社。修女去年以租賃的收入在一樓裝了一臺玻璃電梯，爬上石造窄梯對她們來說越來越困難了。當她們在前往小教堂的路上，必須克服幾米樓差，一天之中會有數次見她們塞進玻璃箱子裡。

院長邊告訴我這些，邊向我展示修女院裡每個隱匿的角落。我跟在她身後，聞到她長袍的味道——活像是掛了好幾年薰衣草香氛袋的衣櫥。在愉悅的安全感之中，我已經準備好被她說服，在我剩下的時間就待在這兒，而不是往孩子的頭上貼電極貼片。安娜修女周圍的空氣似乎在顫動，彷彿有溫暖的光暈包圍。院長搞不好能把它抓住，放進小玻璃罐子裡出售——無疑能大賺一筆。

她快步領我走過乾淨的走廊，那兒散發地板清潔劑的味道，隨處可見門、夾層，以及裡面矗立擦亮聖徒像的凹槽。我很快便在這座迷宮中迷失了方向。我記得那條祖先畫像走廊，有著面孔相似、彷彿是複製出來的修女院長，以及小教堂入口上方的粗體雋刻：「*Wie geschrieben stehet:Der erste Mensch Adam ist gemacht mit einer Seele die dem Leib ein thierlich leben gibt: und der letzte Adam mit deinem Geist der da le-bendig macht*[59]」。木地板在我們腳下嘎吱作響，我們雙手則撫著

---

56 起源義大利，天主教的男隱修會，又稱黑修士。

57 男修士會，又稱白衣修士，因嚴格禁止交談，也稱啞巴會。

58 男修士會，多服務於醫院與醫療機構。

59 歌林多前書 15:45。根據千禧聖經：「正如經上寫到：首先的亞當成了有靈的活人；末後的亞當成了賜生命的靈。」

滑溜溜的扶手，以及年代久遠、旋轉方向與現在相反的門把。

我們突然之間就到了樓上，一個像是大夾層的地方。木地板完全磨損——又或許從來就沒有上過漆。這裡是晾衣場，在烘衣機和掛著的枕頭套與床單之間，我看到了碧雅翠絲和英格堡修女。她們拿著針坐在那兒，重新縫上洗衣時掉下來的鈕釦。患有關節炎的彎曲手指正與鈕釦的洞口奮戰。

「嗨！女孩們！」安娜修女對她們說。「我們介紹奧西給她認識吧！怎麼樣？」

老修女精神為之一振，年邁衰老的碧雅翠絲甚至如女孩般尖叫了起來。安娜修女走向一塊看似無害的白色布簾，以華麗的手勢一拉，揭開簾後的東西。

「看吶！」她喊道。

我的眼前出現一個小凹槽，裡面有個形體，毫無疑問是人形，雖然縮小了一些，但同時又好像不是人。我嚇得倒退幾步，修女笑開，對這個效果十分滿意。她顯然已經習慣，並且以此為樂。

「這就是我們的奧西。」她說，小心地望著我，臉上卻帶著勝利的表情。

「我的天啊！」我用波蘭語低聲說。我臉上的表情肯定很奇怪，因為所有修女都開始放聲大笑。

在我面前的是一個人體，更確切地說，是皮囊包著的骨架，一具人類木乃伊，一名坐得直挺挺、裝飾得很美麗的死者。在驚恐退去後，我開始注意到細節。修女一直在我背後咯咯笑。

那整副骨架上覆蓋著手工編織的裝飾品，眼窩裡鑲著大大的半寶石，而光禿的頭骨上戴了一頂裝飾性的帽子，綴了珠子的紗線以鉤針編織而成，脖子上掛一條細棉布材質的刺繡三角領巾，可能曾經雪白，不過現在變成灰色，好似一團骯髒的秋霧。衣服外面好心地包了件極其華麗的十八世紀長外套，可是它乾癟的皮膚仍不時從衣料下露出。銀灰色的圖樣就像玻璃窗上的霜畫，蕾絲袖口從袖裡露出來，幾乎完全將張牙舞爪的手藏進已分解的連指手套內——是連指手套啊！扭曲的雙腿裹在白絲襪裡，搖搖欲墜地卡在起皺的拖鞋中，上頭的金屬釦也裝飾了半寶石。

◆

我們總是得遵守同一個約定，亦即，研究員不能與受測者有過多情感糾葛。這個原則非常適合我。我只在研究期間見孩子。年輕人都很聽話，恪守收到的指令。只是在需要運用想像力的投影測試中，其中幾人對理解題目有困難。接著，開始進行腦波追蹤的環節，因為睡覺時也得做，每個房間都必須配備並連接設施。一個多星期以來我哪兒都沒去，只有在我的露臺上吸入能帶來緩解的香草時，才看見夏天綻放。維克多開始定期加入我的行列，這也意味我的藥品消耗得越來越快。

維克多在某次談話中告訴我修女院「出於生物學因素」面臨關閉的危機，還說了斯瓦蒂的事情。

安娜修女沉浸在自己美妙如孩童般的天真思想中。她於某處讀到印度仍存在著聖潔，未被歷史的風和奧斯維辛[60]上空的煙霧給吹走。搬完所有設備，我們坐在我房間的陽臺上休息。

維克多盯著閃動火光的菸頭，突然湧上內疚：

「不行，我真的不能一直抽妳的存貨。這對妳來說是藥，但對我來說只是純粹的快樂。」

我聳聳肩。

「為什麼是印度？她怎麼會有這種想法？」

「嗯……那是我告訴她的。」他片刻後才開口。「我告訴她，如果哪裡還有真的靈性，肯定會在印度。神搬去印度了。」

「你信嗎？」我下意識拋出這個問題。嘴裡的煙霧形成一顆美麗的球。

「當然不信，我只是想用個比較好的說法讓她放心而已。但是我沒有考慮到她竟然會選擇付諸行動，而不是三思而後行。她就這樣孤身一人，在七十多歲的年紀前往印度，為她的修女院找修女。」

我可以想像得到——安娜修女穿著灰色夏袍站在德里的清真寺前，在人力車

60 第二次世界大戰時，納粹德國為屠殺建立的集中營。

的喧囂之間，在流浪狗和聖牛之間，在灰塵之中，在泥濘之中。我沒有笑，大麻早已不再讓我發笑。但維克托笑了。

「她探訪一間間修女院，穿越幾百公里，只為了找到願意來歐洲的新人。她成功抓到了一個守紀律的——斯瓦蒂。妳想像得到嗎？她竟然去印度獵修女啊！」

隔天，我的辦公桌上出現了他們的文件夾——整齊、簡約、專業。文件裡包含受測孩子的資料，是我向維克多要的。但我立刻就覺得怪，因為上面沒有姓名，只有寫在便利貼上的編號：「Hl 1.2.2」或「JhC 1.1.2 / JhC 1.1.1」等等。我驚恐地看著這些代號。這肯定不是準備給我的雙眼看的，維克多給錯文件了。我無法理解這些編號的含義。除了生物參數表外，還包含我完全沒頭緒的遺傳基因表和圖表。我試著從這些描述中找出參與我研究的孩子，但這些圖表並沒有讓我想起任何事——它們描述的一定是其他更抽象的事實，一定是，維克多一定搞混了，給了我意料之外的文件。當我把這些文件夾拿回他辦公室，突然有股衝動驅使我回到自己的房間，在一份舊報紙的空白處記下那些奇怪的文字。然後我又想到，也可以記下出生日期。當我把文件夾放到維克多桌上，辦公室裡空無一人，只有風拂過敞開的窗戶，吹動百頁窗條，聽起來猶如蟬在合唱。

第二天早上，我在內部網路上收到我要求很久的資料——環境訪談和生平資歷。現在，每份文件上都只標名字和姓氏。迪爾里．B，出生於二〇〇〇年十二月二日。法定監護人為瑞士籍，居於小鎮；男方為教育工作者，女方為圖書館管理員。過敏患者。詳細的腦部檢查說明，診斷出輕度癲癇。血型。基本心理測驗。養父母寫的日記，有條不紊但相當無趣。閱讀障礙。牙齒矯正的詳細資料。字跡樣本。相片。學校作業。持續接受仔細的醫學檢查，正常的孩子。沒有生父母的資訊。米莉．C，二〇〇一年三月二十一日——相符。精準的身高、體重表。患有某種皮膚病——照片、診斷等。養父母：中產階級、小企業家、畫家。童年畫作。很多其他檔案的連結，整齊編號、分門別類。雙胞胎朱勒斯和馬克斯，出生日期：二〇〇一年九月九日。來自巴伐利亞。養父母：企業家、紡織廠老闆、中上階級。提到了一些週產期[61]的併發症，因此兩人的阿帕嘉計分[62]較低。朱勒斯有絕對音感，念音樂學校。馬克斯七歲時出過交通事故——被車撞，腿部複雜骨折，音樂能力一般。

我下意識將手伸向昨天寫下筆記的報紙，在兩個編號下找到了雙胞胎的生日：Fr 1.1.2 和 Fr 1.1.1，現在這麼做對我來說比較容易了。

阿德里安．T，出生於二〇〇〇年五月二十九日，出生日期的參考編號為 Jn 1.2.1。來自洛桑。養父母：公務員。這個男孩曾觸法。背景訪問。警方報告：涉及闖入游泳池，破壞設備。有幾個兄弟姊妹。愛娃．H，參考編號 Hl 1.1.1。養父母在她九歲時離婚，由身為老師的母親撫養長大。好學生，籃球員。對電影很感興趣，會寫詩。有音樂天賦。曾因幼年特發性關節炎接受治療。

我草草讀過一遍，對報告之鉅細靡遺感到驚訝，這些青少年彷彿要被培養成為間諜、天才或是革命家。他們的生活受到了全方位的X光檢查。

◆

安娜修女允許我拍下奧西——他的每一個細節都在那具腐爛的身軀得到永生。我在鎮上的藥妝店洗出照片，放在辦公桌上，現在只要抬起頭就能欣賞出自幾代修女手中的工藝。她們帶著純真的自信，馴服屍體的每方每寸，努力掩蓋死亡的威脅。鈕釦，蕾絲，縷空刺繡。裝飾縫線、貼花、小絨毛球、法式袖口、衣領、口袋、荷葉邊、褶襉、省道[63]、亮片、珠子。全是生命絕望的證據。

還得等幾天才能在藥局領到藥，所以我只好用其他方式找到當地的藥頭，向他買了幾份。這些貨很濃、效力很強，我必須混一些菸草進去。疼痛在化療後消失得差不多了，但是留下對疼痛的恐懼，如金屬彈簧般纏繞在我體內的某個地方，隨時可能迸發，撕裂我的身體。當我抽大麻，它們會變成紙蛇，而世界會變得充滿符號，相距甚遠的事物似乎在相互傳遞某種特別的訊息和信號，將彼此的

61 約為孕期二十二週至生產前七天的時間。

62 在新生兒出生的幾分鐘內進行評估，用以預測新生兒早期的死亡率及罹病率。

63 為符合身線而將衣料折疊縫的裁縫手法，用以增加立體感。

關係連結起來。所有事物都對彼此使出理解的眼色。這個世界處在非常飽滿的狀態，可以盡情享受一切。經歷過兩次化療，我無法睡覺，無法控制自己的身體，我僅剩的力量，是恐懼。醫生說：三個月到三年。我知道找點事做對我有好處，這就是我來這裡的原因。不僅為了錢。雖然，在我的情況下這些錢能幫助我延長生命。進行測驗不需要我處於特別好的狀態，我其實能讓測驗自動完成。

現在，每天早上，當孩子有課，我就會起得早一點，走去山下的修女院。五月底的某一天，我在一如往常走向修女院的路上看見米莉孤零零地坐在操場旁的圍籬。她說她月經來，所以不參加體操課。我記得她穿得一身藍——藍色的牛仔褲、藍色的上衣和藍色的運動鞋。我不知道該說些什麼，只是走到她身邊。

「您看起來很悲傷，」她說，然而語氣裡有些火藥味。「每分每秒都是，甚至笑的時候也是。」

被她逮個正著呢。獨自一人的時候，我會卸下臉上向來自信滿滿的表情。我看著她小巧、輕盈，小鳥般的身子敏捷地從欄杆上跳下來，好像沒什麼重量似的。她說她已經想回家了，她想念父母和她的狗。在家裡，她有自己的房間，而在這裡，她必須和愛娃共用。她一直想要有兄弟姊妹，可是直到現在才知道，原來其他人會讓她覺得煩。

「您在研究我們，而且在尋找些什麼。我們也很想知道自己在這裡的原因。我的智商很高，我也在拼湊答案。我懷疑是因為我們都是被收養的孩子，或許我們是某種基因的帶原者？您看出什麼了嗎？在我們身上找到了什麼怪異的地方嗎？我和其他人有什麼共通點嗎？沒有吧？」

她和我一起走了一小段路，我們開始聊學校。她念的是音樂學校，在那裡拉小提琴。她也告訴了我一些特別的事：她喜歡哀悼的日子——由於天災人禍越來越頻繁，這樣的日子也越來越多——在這樣的時候，媒體只會播哀傷的音樂。她常常被周圍的事物影響而心煩意亂，覺得這個世界令人難以負荷，所以這些陰鬱的日子對她來說是種喘息。人們需要為自己獻出一些心思。她喜歡韓德爾[64]，

---

64 格奧爾格·弗里德里希·韓德爾（Georg Friedrich Händel）：神聖羅馬帝國時期的巴洛克作曲家。

尤其是他的《最緩版》（*Largo*），麗莎・傑拉德[65]曾唱過這首歌。還有馬勒[66]的歌曲。她喜歡他在孩子去世時寫的曲子。

我不假思索地笑了。真是個憂傷的女孩。

「這不就是我吸引妳的原因嗎？」

她跟著我往下走，到了馬吃草的地方。路途中，她扯下草尖，將尚未成熟的柔軟種子灑向空中。

「您戴了假髮，對吧？」她突然發話，並沒有看我。「您生病了，就要死了。」

她的話戳中了我。我感到淚水在眼眶裡打轉，於是轉過身，加快腳步，一個人向下走到修女院。

孩子有課的上午，待在修女院裡能使我平靜。這些女人都順應著生活過日子，能有開朗的她們陪在我身邊，感覺很好。修女衰弱的手指在咖啡旁緩緩將微型垃圾分開，恢復秩序。總有一天（也許就在不久之後），也會有「手指」如此將組成我的主要元素和其他東西分開，一切回歸原位，做最後的回收。一部分的咖啡奶精在這個赦免儀式後成了與彼此毫無關聯的獨立部分，並且分屬不同類別。味道和黏稠感哪去了？那些方才還和諧在一起的東西，都到哪去了？

我們坐在廚房裡的時候，我常常問東問西，而安娜修女回答問題時常常離題，我永遠不會知道她糾纏的記憶線會把我們引向何方，而這讓我想起我的母親，她也是這樣說話——漫無邊際、多條故事線並行、曲折迂迴。這是老婦人的奇妙通病，用如同巨型織物般的故事覆蓋整個世界。其他修女則專注於手上的小手工藝，她們沉默的存在讓我視她們為真理的保證人、時間的會計師。

所有關於奧西的資料都寫在修女院的年史中。安娜修女在我的請求下找出相關卷冊，攤在廚房裡那張我們喝咖啡的桌子上。她找到確切的日期：一六二九年

65 麗・傑拉德（Lisa Gerrard）：澳洲女低音。
66 古斯塔夫・馬勒（Gustav Mahler）：奧地利作曲家、指揮家。

二月二十八日。

那天，修女和所有市民都擠在城南的路上，等待從羅馬歸來的使節。黑夜降臨之前，一小列騎著馬的隊伍從山後出現，後面跟著一輛木馬車，上面裝飾著略微髒汙且濡溼的五彩布綢，下方是一具用皮帶捆住的棺材。殘存的花環在溼漉漉的雪地留下痕跡，疲憊不堪的騎士全數凍僵。以市民為首，與市長以及特邀的主教象徵性地將城市的鑰匙交給聖人。之後，穿著白袍的男孩唱起練習已久的歡迎曲。在這又冷又令人不快的月份，沒有什麼花能以慎重姿態榮耀這份不平凡的禮物，只剩雲杉的樹枝被拋到馬車的車輪之下。

當天晚上還舉行了一場莊嚴的彌撒，並且宣布消息：聖奧克森提烏斯將在這個週日的彌撒後展出——也就是再過三天。在此之前，修女的任務是清理聖髑[67]，在歷經艱辛的旅程後將它打理妥貼。

映入修女眼簾的景象十分嚇人。當她們懷抱著好奇看進棺材，卻反射性地退了一步。她們在期待什麼？對於這位未曾聽聞的殉道者的身體，她們充滿著什麼樣的幻想？可憐的修女在沒有暖氣的小房間裡凍得瑟瑟發抖，龜裂的手躲在手套中，裹在厚厚的羊毛襪與修女袍裡頭的她們，期待看見什麼？

沉重的失望嘆息聲飄蕩在小教堂的天花板下。聖奧克森提烏斯只是一具普通的屍體，風乾得十分完整，甚至有點乾淨，但他咧出的牙齒和空洞的眼眶仍能使人害怕，或者令人反感。

安娜修女說，遠遠不只三天，一代代修女照顧死屍，至今已有三百多年歷史。她們用暱稱、小玩笑和小飾品來馴服恐懼。因為舊的袖口腐爛，她年輕的時候還為他織過袖口。這是聖人服裝上的最後一處變動。斯瓦蒂雖然發誓要服從，但是她拒絕為木乃伊修整衣物，而安娜修女也尊重她的決定。

回到房間後，我便一頭栽進網路世界。十六世紀羅馬開始大力擴張，在開掘新房子的地基時，經常會發現羅馬的地下墓穴以及其中的人類遺骸。這才了解羅馬就如同任何一座古城，都建立在墳上。所以當工人的鎬子敲穿墳墓頂部，陽光便在數百年來第一次滲進了墳墓。人們開始任意探索地下墓穴，而他們熾熱的想

67 宗教界的聖人遺體或是遺物。

像力則將墓穴籠罩在神祕的故事中。畢竟，除了基督教的殉道者，還能有誰躺在那裡呢？

死者整整齊齊排在架上，讓人聯想到珍貴的藏品，宛如一瓶瓶陳釀的葡萄酒，需要多年時間成就其特殊風味。死者不再為時間的熵[68]效應所困，而其破壞性的一面則將人的面孔變成骸骨，也把身體變成了骷髏。恰恰相反的是，隨著萎縮和腐爛，屍體進入了更高的層次，變得更加精緻，不再像瓦解中的屍體那樣引人厭惡，而是變得像是木乃伊，引起人們的欽佩和尊重。

這些新發現的墓場引發一個問題：人們試圖在當時的墓園重新安葬那些遺體，其中很多是保存完好又漂亮的木乃伊屍體，有著優雅、完整的骨架，並以優美的姿勢排列。人們很快便看習慣了，就像一般人一樣開始區分、挑出那些特別的屍體，或者說是最漂亮、最和諧且保存得最好的遺體。就在發掘它們的個別之美不久後，那些屍體便榮獲非凡價值。嚴肅且陰鬱的教宗格列哥里十三世[69]的一封信裡，對死者的驚人數量發表以下見解：「在這個艱困的時期，對我們來說，這就如一支從地下冒出來的軍隊，而我們並未知恩圖報，還將之推回墳墓的黑暗中。對真正的信仰來說，當今是個糟糕的時代，當叛教從四面八方向我們逼近，火與劍對路德教派[70]這種汙穢的異端再無用處，死者也能為之奮戰……」根據這些話，一位教皇的官員（不確定是哪位。有傳言說，是教皇的親信——維爾迪亞尼神父，他很有商業頭腦）為成千上萬的死者找到了使命。特殊工作室很快成立，裡頭聚集許多有前途、博學多聞且想像力豐富的神職人員。一群沉默的修女也加入其中，她們跪在地上，耐心清理在屍體上沉積好幾世紀的東西。所有工作都在嚴格保密下進行。

聖人亮相時已被打理好，清除灰塵、蜘蛛網、雜草和泥土，工整地放在簡樸的棺材裡，一塊乾淨的亞麻布整齊蓋在上頭。每具聖人遺骸都附有包含姓名與來

68 物理學中用以計算系統混亂的程度。

69 或作額我略十三世（Gregorius PP. XIII），一五七二－一五八五年間的羅馬教宗，期間頒布新立法，使用格里曆（額我略曆）。

70 源於十六世紀德國神學家馬丁．路德發起的宗教改革運動，運動推行期間和教宗及聖座勢力發生衝突。

歷的證書，寫上精心編撰的傳記和殉道情況，以及殉道後的活動屬性和領域，可以向他祈禱什麼寫得一清二楚，以及可以請求何種類型的代禱。每個聖人都有自己的屬性和領域，就像現在電腦遊戲的角色——這一個給予勇氣，而另一個帶來幸福；一個幫助酒鬼，另一個對抗囓齒動物……

來自歐洲各地的需求紛至沓來。每一封寫給教皇的請願書、每一聲對他最高聖權的呼喚，都和用適度的奉獻換取聖髑的請求連結在一起。那些被掠奪的教堂在遭新教徒蹂躪後試圖重新站起，這樣的聖髑能立即為教堂增添聲望，將人群攏至聖所的屋簷下，沉浸在古老殉道者的聖潔之中，提醒他們這塵世與主的國度相比算不上什麼，也提醒著他們：*memento mori*[71]。

這項為神聖的羅馬殉道者準備的任務延續數十載。工作室人員以及那些博學又富有想像力的神職人員成為聖座大使[72]和樞機主教[73]，離開辦公室。跪在地上的修女在無聲的嘆息中死去。教宗新舊更迭，如日曆頁般掉進過去的漩渦：西斯篤、烏爾班、格列哥里、依諾增、克萊孟、列奥、保祿和格列哥里，來到教皇烏爾班八世[74]。一六二九年時，準備聖徒的事務所依然存在，抄寫員以表格和清單來輔助並增進效率，目的是不要頻繁地重複相同的酷刑方法、死因、情況、名字和屬性。

第二天安娜修女告訴我，她聽過一個令她震驚不已的聖人故事，就來自離修女院數百公里遠的某間教堂。那讓她突然一陣惆悵，因為那位名叫里烏斯的陌生聖人，與她們的奧克森提烏斯有相似到令人咋舌的生平和殉道事蹟。證書的創作者顯然已才思枯竭。她還說她曾經看過某篇寫於二十世紀的學術作品，以科學的方式討論神聖的羅馬殉道者現象，得出的結論是：這幾十年間的潮流——如果可以這樣說的話——來了又去，不時重複出現。例如：十六世紀末，在短短幾年內就有許多被異教徒釘死的聖徒，每次對折磨的描述都生動多姿，而工作室的匿

71 拉丁片語「勿忘你終有一死」，為浮世與死亡的反思。
72 教皇使節中的一種外交官銜。
73 由教宗親自任命選出的顧問，又稱紅衣主教。
74 第二二七—二三四任教皇名。

名員工文采飛揚，讓讀者真切地感到惶恐不安。同時，女聖徒大多遭受割胸的命運，這也成了她們的一種屬性。她們通常把胸放在托盤上，捧在自己身前。十七世紀的第二個十年則是斬首盛行的時期，被砍下的頭顱奇蹟似地找回無頭的軀體，也奇蹟似地結合起來。

「妳畢竟是心理學家，」她對我說。「所以應該很了解他們——就是這些想出殉道者故事的人。就算創造的是最慘烈的暴行，作家應該也能找到一點樂趣，對吧？」

我回答，就算只是意識到這世上存在比我們遭遇更不幸的狀況，也足以療癒人心。

「這就夠喚起我們對造物主無以名狀的感激之情了。」她評論道。

隨著時間推移，殉道者的名字也越來越古怪。無疑是因為流行、被廣泛使用的名字已經用盡。於是開始有了像是聖奧斯揚尼、聖馬格登席亞、聖哈馬爾蒂、聖安古斯蒂或聖維奧萊塔這樣的女聖徒，而在男聖徒中有聖阿布霍倫蒂烏斯、聖米魯波、聖昆蒂利安，以及在一六二九年早春來到修女院的聖奧克森提烏斯。

◆

「修女，妳知道他們在那裡做什麼嗎？」我又去修女院時，指著高處那座能從窗戶看到的研究院建築問道。

她們只聽說那些人正在做一些重要的研究。僅此而已。

我們以全世界皆知的方式折床單，只要有羽絨被、枕套和床單、有被子、枕頭和睡衣的地方，都是這麼做的——面對面站著，將亞麻和棉質的大長方形斜拉展開，以便在洗滌後恢復形狀。我們迅速就這整個流程達成了共識：首先是傾斜拉開，然後短促快速的抖動、拉扯，撫平邊上的縐褶，接著對折，然後再次傾斜拉展，最後走幾步靠近彼此，把床單折成整齊的一疊——然後重複。

「我們大概猜到了，但這和『知道』並不一樣。」她總是用複數來稱呼自己，她的身分在這麼多年後已屬於修女院，是一種集體名詞。「放輕鬆吧，親愛的。」她補充道。這句話聽起來語氣近乎溫柔。「教會總是希望一切都好。」

奧西用半寶石眼睛盯著我們，眼窩裡襯著替代眼皮的絲綢，已經完全失去顏色。暗紅色寶石組成的眉毛冷冷揚起，露出難以置信的驚訝神情。

晚上，網路不經意把我引向更精采的道路——聖人死後的遺史，更確切地說，是他們留在塵世間的骨骸，對他們手指、腳踝、髮束的崇拜，敬奉被挖出來的心臟，以及被割下的頭顱。肢解成四等份的聖亞德伯[75]被當作聖髑送到教堂和修道院去。聖亞努阿里烏斯[76]的血液經常發生神祕的化學變化，改變其狀態和特性。還有遭竊的聖體，將屍體分割成聖髑奇蹟般地增加了心臟、手掌，甚至是小耶穌的包皮（sacrum preputium）之數量。拍賣網站庫存網頁上出售聖人的屍塊，但第一個讓我眼睛為之一亮的是個聖物箱，裡頭裝有卡佩斯特拉諾的約翰[77]的聖髑，在Allegro[78]上能以六百八十茲羅提的價格入手。

最後我找到我們在閣樓晾衣場裡的英雄——殉道者聖奧克森提烏斯，一名尼祿[79]時期的獅子訓練師，那是個還會拿基督徒餵獅子的時期。某天晚上，其中一隻獅子以人的聲音對他說話——是耶穌基督的聲音。雖然沒有寫下獅子以基督之聲說了什麼話，但是早上奧克森提烏斯便皈依基督教，將獅子野放到城外的森林裡，自己則被抓了起來。曾經的劊子手現在成了被判死刑的人。獅子後來被抓到，而奧克森提烏斯和其他基督徒則被扔給獅子。然而獅子並不想將爪子伸向曾經的主人，所以奧克森提烏斯最後被尼祿的劊子手刺死，獅子則被劍砍死。奧克森提烏斯死後，屍體被基督徒偷出來，偷偷埋葬在地下墓穴中。

◆

75 又名布拉格的亞德柏（Adalbert of Prague），天主教教會聖人，其相關聖物存放於波蘭格涅茲諾（Gniezno）大教堂，一件遺物被移至聖瑪麗和聖亞歷克烏斯學院教堂。

76 天主教殉道者，其血液至今存放在拿坡里主教座堂的一個玻璃瓶中。

77 著名的傳教士，曾與匈牙利一起率領十字軍東征，後被封為聖人。

78 波蘭的拍賣網站平臺。

79 羅馬皇帝，歷史上對其很少有正面的敘述。

「我站在飯店門前，不敢向前踏一步。」安娜修女說。

我們坐在空蕩蕩的大廚房裡，其他修女已經離開，她們用心分類的垃圾也不見了。她坐在窗沿上，看起來年輕得不可思議。

「那裡又悶又熱，就和想像中的印度差不多。旅行用的輕袍黏在我身體上，我茫茫然僵在那裡，因為所看到的景象令我害怕，」她停頓了一會兒，試圖尋找正確詞句。「惡劣的貧困、為了生存下去產生的絕望掙扎與殘酷行為。狗、牛、人、臉晒得黑黝黝的人力車夫、瘸腿的乞丐。我覺得一切似乎都被強制賦予了生命，違背了這些生物的意志，注定得活著。彷彿這些生命就是墮落和懲罰本身。」

她轉向窗戶，背對著我說：「我覺得自己犯下了最嚴重的罪，雖然我已經為此懺悔，但不確定自己是否獲得寬恕。聽我懺悔的神父明顯沒有聽懂我對他說了什麼。」

她盯著窗戶。

「那地方一點承諾中的聖潔也沒有。我沒有找到任何可以證明這一切苦痛合理的理由，我看到的是一個機械式的世界，一個生物世界，以愚昧且僵化的既定秩序組成的蟻穴。我在那裡發現了這駭人的事實。願上帝寬恕我。」

直到現在她才看著我，似乎想尋求什麼支持。「我回到旅館坐了一整天，甚至無力禱告。第二天，城外修女院的修女依約來接。我們開車經過一片乾涸的橙色地帶，那兒滿是垃圾和乾枯的樹枝。我們保持沉默，那些修女或許懂我的感受，她們自己可能也經歷過。路途中，我看見地平線上小丘綿延，彼此間隔十幾公尺。修女們說那是聖牛的墳墓，但我不太明白那是什麼意思。我請她們再說一遍。她們告訴我，賤民把聖牛的屍體帶來此地，以免弄髒城市——就這麼把它留在烈日下，讓大自然自己消化。我請她們停車，帶著驚恐下去，走近小丘。我以為那裡會有遺骸，像是被太陽晒乾的皮膚和骨頭之類的東西，然而，靠近一看卻是別的。是捲成一團、半腐爛的塑膠袋，上面的品牌名還清晰可辨，繩子、橡皮筋、螺帽、杯子。沒有任何有機消化液可以分解人類的先進化學產物。牛吃了垃圾，就這樣裝在肚裡，無法消化。有人告訴我，這就是牛所留下的東西。身體消失，被昆蟲和掠食者吃掉。剩下的便是永恆，亦即垃圾。」

◆

離開的前幾天，我和修女道了別。我還得整理一些文件，收拾設備並總結運算結果。修女院留給我的最後一個畫面，是老婦人擠在玻璃電梯裡，向上爬升去做彌撒——波希[80]畫筆下的天堂居民正通往來世，走向時間的盡頭。

當我沿著小徑走回研究所，有個清晰、簡單的想法出現在我腦中，那是問題真正的解答，是我在這裡一直感到困擾、卻沒有人願意告訴我的答案：我這個高薪的士兵受命去做的研究，到底為了什麼。這個想法既簡單又瘋狂，而且很可能真實無誤。第一天我到這裡時，米莉天真的發問又回到腦中：「妳沒想過複製它嗎？據說在中國都這樣做。」

我把孩子的文件夾攤在眼前，點了根大麻菸，看著他們附加時間和地點的出生日期，彷彿研究的一部分是要給他們分派星座。誰知道呢？也許這也是計畫的一部分？我用鉛筆在每個日期和名字旁寫上那些神祕的代碼。

研究本身已經完成，側寫的雛形也有模有樣，我還在等待最終數據，通常會有十幾條或多或少有些相似的預測線，以圖形顯示出來。電腦運算所有特徵，然後圍繞著生成的軸線將之具體化。因此，基本圖表就像一棵有著不同粗細樹枝的樹。最粗最完整的樹枝就是最有可能的。我看過像猴麵包樹一樣有數百根樹枝散開來的樹；也看過一些僅以一根粗枝為主幹的樹。孩子——那些漂亮又聰明的人類孩童，變成了樹。

當我翻閱文件，整理一組組數據，一陣熟悉的疼痛——我時常覺得它就像看守秩序的警衛——突然緊攫住我。然後，在痛苦的盡頭，在我預期的解脫來臨前，文件、代碼、日期和簽名，這些代表受測少年的東西，還有修女院門上的文字，以及丹妮的微笑、那塊黑松露、米莉問我去世的狗時關切的眼神——一

---

80 耶羅尼米斯・波希（Hieronymus Bosch）：荷蘭繪畫大師，其著名畫作《人間樂園》（*The Garden of Earthly Delights*）以三聯畫形式呈現，展現歷史與信仰之主題。外部畫是創世紀的世界，內部則有伊甸園、人間樂園與地獄。波蘭文化中，以人間樂園（波語：ogród rozkoszy ziemskich）形容混亂而美麗的畫面。

切的一切就像一坨黏答答的雪球，開始在我的思緒裡滾動。而途中捲入的所有事物都讓它變得更大、更緊密。情況越來越清楚了。我只是不確定字母後面的數字是什麼意思——可能是試驗的次數，或者是實驗的某個版本。米莉（Kl 1.2.1）、朱勒斯（Fr 1.1.1）和馬克斯（Fr 1.1.2）、漢娜（Chl 1.1.1）、阿美莉亞和茱莉亞（Hd 1.2.2 和 Hd 1.2.1）、愛娃（Tr 1.1.1）、維托和奧托（JhC 1.1.2 / JhC 1.1.1）、阿德里安（JK 1.2.1）。迪爾里（JN 1.1）。

這很簡單：

亞西西的聖嘉勒（Klara z Asyżu）[81]——一具沒有腐爛痕跡的屍體，自十九世紀中便陳列在聖嘉勒大教堂的玻璃櫃。有大量的文物及保存完好的金頭髮。聖方濟各（Franciszek）[82]——骨頭保存良好，存放於亞西西的方濟各大教堂。西里西亞的赫德維（Jadwiga Śląska）[83]——也是保存完好的骨架，克拉科夫教廷送來的遺物，無名指骨保存於波蘭西部一座教堂內。聖賀德佳（Hildegarda）[84]的一塊骨頭。聖德蘭（Teresa）[85]又被稱為小德蘭，她的幾塊遺體一直在世界各地供信徒朝聖。還剩下三個我無法辨認，但只要點擊幾下滑鼠，很快就能查出來。我有種在玩井字遊戲的感覺。而剛剛，我在關鍵的格子上畫出一個漂亮的圓圈。

早上，我把行李收拾好，打電話叫了一個多月前把我帶到這裡的同一輛計程車。在學校門口等車的時候，我看到米莉坐在欄杆上。她微笑著，而我走向她，什麼也沒說，因為我激動得說不出話來，只是看著她親切、天真無邪的女孩臉龐，和她臉上的紅暈。

「嘉勒？」最後，我幾乎是用氣音說。

81 天主教聖人，創立方濟各會的修女會，死後被封聖。
82 天主教聖人，又稱亞西西的方濟各，知名的苦行僧。
83 天主教聖人，又名安代赫斯的赫德維。
84 天主教聖人，也稱賓根的聖賀德佳，德國神學家、作曲家。
85 天主教聖人，也稱里修的德蘭。

我猶豫片刻才握住她的手放在我額頭上，但她一點也不覺得驚訝。她花了幾秒鐘才明白，摸了摸我的眼睛和耳朵，接著把雙手放在我最需要的地方：我的心上。

10 人類假期日曆

冬天・暗淡期

按摩師伊隆最了解單迪寇斯的身體。他是大師，是無可取代的人。伊隆對他身上的每方每寸都瞭若指掌，當他將雙手伸向前，便能用手指重現這副身體，以觸摸、輕敲、揉捏之姿，創造出一道捉不住的幻影，促進血液循環。他確切知道每一個傷疤的位置，知道它們癒合的階段，知道哪塊肌腱曾經撕裂過，也知道它們是否已完整接合。他知道哪裡出現血腫[86]，以及是否被吸收掉；知道每個腫塊、每條縫合線，還知道每條斷裂的痕跡以及每塊肌肉——這全是他的活兒。二

86 由於疾病或手術引起的血管外出血，可能出現在皮膚、臟器、結締組織等地方。

十四年來，他一直悉心照料。在他之前，這是他父親的工作。伊隆也知道總有一天他會失去這些，因為他沒有兒子可以傳下去。

但是他有一個女兒。

不久前警方才把她帶回家。從那時起，按摩師伊隆每天都會確認她什麼時候回家，仔細地聞她身上的味道，有次還要她做藥檢，但什麼也沒驗出來。奧瑞絲塔的問題是另外一種。這個女孩似乎正受某種躁鬱所苦，可能是荷爾蒙和青春期的動盪所導致。

他從很久以前就開始對女兒有一股強烈的愧疚感，而且這感覺不斷加深。但不是因為無法治癒她的疾病，與她的母親接著去世也無關。更不是因為他沒有時間陪女兒，就算他不工作、更常待在家，他也不知道要怎麼和她對話。就算他們開始了對話，他也不知道該和她說些什麼。這些都不是原因。按摩師伊隆純粹只是為她的誕生感到遺憾，因為在她的生命裡，很可能不會有什麼好事。他就是這麼想的，他惋惜生下了她，惋惜當初他與太太腦中出現「孩子」這種想法。她是他的疏忽，是罪孽。

她已經十六歲了，看起來仍像個孩子。有著一頭長長的鬈髮，臉和他長得很像，這讓她看起來不太漂亮。他替她的未來憂心，雖然清楚知道女兒無法接手他的事業，仍把自己的手藝傳授給她。但她，我們就老實說吧，一點也不想學。

某天她比較早從學校回家，而他已經要出門了。她說道：

「伊隆，我的閨蜜今天要來和我一起過夜。」結果他嚇壞了。他用一個訪客的角度觀察公寓——很難不注意到這裡的髒亂與黑暗。不過，他對此並無異議。

在尋找備用鑰匙時，還得知她的朋友名叫菲莉帕，她們已經認識了幾個月。

晚上，當她抵達，他對這女孩的面貌感到驚訝。他以為她比實際年齡要大上許多，以為她已經是個成熟女子，因為就連她的孩子氣都無法蓋過女人味。他們互相親吻打招呼，她還握了他的手，短暫地注視了他的眼睛，但她的眼神太過熾熱，以至於他收回了自己的目光。之後，吱吱喳喳的女孩便躲進奧瑞絲塔的房間。早上起床的時候，屋子裡還是一片寧靜。

按摩師伊隆從家裡走去工作得花上二十分鐘的時間。首先，他得沿著碼頭走在受嚴重汙染的河邊。這條河挾著黑暗且憤怒的河水，發出微微的咕嚕聲。然後他必須過橋，橋上每天都有示威人群，他們承襲著前人的抗議繼續出現在這裡，但沒有任何路人記得究竟在抗議什麼。他們以黑色膠帶封住嘴巴，從早上到下午都無聲地站在那兒，接著休息吃午飯後便會有另一組人來輪班。

政府區坐落於橋後，進去必須出示通行證。這裡冷清清，城市的喧囂消散在小巷中，在裂開的簷口變形，反射在大門上，然後在壯麗的庭院中變成了怪異的回音。

按摩師伊隆有時會有不安的感覺，覺得水坑和灰泥牆上的汙漬互有關聯，它們在交談，在玩弄自己的形狀；它們彼此交流，八卦著這黑暗城市裡的居民。他也總是瞥見維修隊在修理東西。焊接時，城市會有那麼一瞬間變得漂亮——火花四處飛濺，鐵鏽色的水坑抓住光，在自己的螢幕上投射片刻。

伊隆不能白白浪費時間，所以當他一抵達自己的王國，便立刻著手準備器材、混合按摩油、製作藥膏。對於打掃人員沒打掃確實而感到不滿意的他，有時候就只是打掃。在「暗淡期」的春天裡，他的工作相當密集——每天早晚各做一次全身按摩，以及一次額外的足部穴位按摩。那時他會讓一位特別分配給他的睿孔[87]來幫助他。幾天前，伊隆也決定應用所謂的普列西電流——這是十年前由該大學的科學家發明的，能以不同的方式刺激結締組織。每次按摩後他都得在人體地圖上做些微小的修改。而他利用晚上的時間準備工具。

根據傳統，每季過後都必須把器材存放在特製的金屬盒中。這就是為什麼按摩師伊隆在每年的「大日子」後就會立刻著手做同一件事——以起子鬆開盒子生鏽的螺絲，裡面保存著當前要用到的器材。被溼氣浸入而生鏽的螺絲灑出深紅色的粉末。他小的時候對和現在的他做同樣工作的父親說過：螺絲在流血。他的父親是做了三十八年的睿孔按摩師，直到去世。那時依循傳統，伊隆繼承了他的志業。很不幸，因為他只有一個女兒，未來必須把自己的家業傳給別人，某個睿孔的兒子阿爾多將會接手。他不得不承認這孩子很有天份。伊隆耐心地教導他，但是內心滿是長期以來習以為常的苦痛。

於是，鐵鏽落在了他的手指上，而微小的塵埃留在了他的袖子。金屬盒子遭

87 rekon。類似現實中「神職人員」的職位，是負責與單迪寇斯相關事務的人。

腐蝕，開口的金屬片沒辦法緊貼盒面。曾幾何時，盒子即便是塑膠材質，卻被某種特殊培養的細菌吃了。之前這些細菌被放進海中，分解塑膠垃圾，但是隨著時間過去，它們登上陸地，世上所有的塑膠都成了犧牲品。由塑膠製成的東西只剩下腐爛的骨架，成了人類文明的幻影。因為細菌無法清除，人類又重回金屬製品的懷抱。只是金屬長年稀缺，要價也不斐，所以只要情況許可，就會使用橡膠和木材。按摩師伊隆的保險箱以最高級的金屬製成，仍無法倖免於鐵鏽無所不在的侵襲。以半圓頭的螺絲上鎖也是一個難題。多年後，螺絲頭磨損，而凹槽也變得太淺，因此不論是拴緊還是鬆開，都很折騰人。

在「大日子」之後也是外科醫生和骨科醫生的作業時間。他們診斷骨折和挫傷，並且立即處理最緊急的病灶。像是替骨折處打石膏，或是增強免疫力。進行詳細的腦部與心臟檢查，以及血液成分檢驗，不允許有任何閃失。例如十二年前，單迪寇斯出現代謝性酸中毒[88]那種情況。那時可以說是恐慌爆發。伊隆在那凶險的幾天只能死盯著醫生竭力搶救，自己卻什麼也不能做。

團隊裡來自不同領域的專家每天都會開個簡短的會議。伊隆喜歡和藥劑師待在一起，他喜歡他們思考的方式：天無絕人之路，萬事皆有藥醫。他經常目不轉睛地看著他們——精煉、研磨、混合。當他靠在用來準備敷料的大容器上，珍貴的蜂蠟香氣便在他的鼻子裡與薄荷和桉樹混在一起。他對傷疤最感興趣。它們有時厚重又深沉，以至於他那雙無所不知的手無法觸碰到肌肉。有如船隻在岩石之間穿梭，他則得在標記之間穿梭。有些地方，像是手掌和前臂上都有一塊從未完全癒合的疤痕。這就是他得在用上好橡膠製成的人體地圖上練習的原因。他將單迪寇斯身上——哪怕是最渺小的細節——都依樣複製下來，並在這個幻影上練習每個精心設計的按摩手法。

在家裡——當然，除了奧瑞絲塔沒有人知道——他還有第二張人體地圖，這是不合法的。他將前廊改造成家庭工作室，人體地圖就放在那裡，用毯子蓋住，但是人形總是會從毯子下露出來，喚起他的罪惡感。單迪寇斯的真身在地下宮殿一間開著空調、持續消毒的特殊房間裡；他在幅射燈下被所有必要的設備圍繞，

---

88 腎臟無法順利排出體內過多的酸，嚴重可能導致昏迷。

吊著點滴等待康復。按摩師伊隆這張私人、非法的人體地圖是完美的幻影。他在父親之後接收了它，並且花了多年臻至完善。他每天都在橡皮圖上花好幾個小時，耐心地在每個改變上作記號，依樣複製每一寸真實的身體。人體地圖是由軟橡膠製成的人體模型，曾經非常柔韌有彈性，現在卻不幸變得易碎，已然破裂。橡膠摸起來像人的身體那樣有點柔嫩，但有足夠的阻力。取出人體地圖放上按摩臺時，他有種參加儀式的感覺，好似正在做一件神聖且罕見的事。接受這種感覺比與之相抗衡來得好，所以他將假人放在按摩臺上，準備探索這具橡膠裸體。開始之前，他後退幾步，行了一個很匆忙的禮。在此之前，他當然也進行了在單迪寇斯的真身上會做的清潔儀式。他知道這很荒謬，但這個程序能讓他更加專注，並且將注意力轉到自己的手上。他曾經為了忘卻悲傷——他不記得是否在妻子去世後不久，還是不再思念她的很久以後，雖說憂鬱的餘燼永遠留在了他的心中——默默花了無數的時光在單迪寇斯的臉部模型。他成功重現他的五官，大大的眼睛和精緻的鼻子，一張既似人又不像人的臉。他意識到自己在褻瀆神明。當他處理傷疤時，會用一條黑黃條紋圍巾蓋住他的臉。他留著人體地圖是為了給奧瑞絲塔練習，而做這張臉是為了自己，為了讓自己永遠感到不自在，並且記住自己參與了什麼事。

在這悲傷的暗淡期裡，溼氣席捲各處，螺絲、鉸鏈、接頭和焊接縫都被腐蝕，與女兒的關係回歸正常——或許得因此感謝越來越常來過夜的菲莉帕。

奧瑞絲塔不久前開始去前廊找他，靜靜看著他準備器具，在人體地圖上做大量的記號。她總會幫他清理螺絲上的鐵鏽，清潔盒子。那時他會偷偷盯著她的手看，觀察她能否勝任。可以，她的手非常適合這項活兒。奧瑞絲塔的手很大，指甲很漂亮，手指不是太纖細，非常好。這樣肯定很有力。而且她的手總是很溫暖。

他更喜歡自己做清潔的工作。他會鉅細靡遺地擦亮器械。這些都是老舊的器材：刺激肌肉的電極、固定釦、彈力帶、橡膠墊、用於溫暖脊椎的火山石，以及一堆其他按摩會用到的小工具。都是他從父親那兒繼承的，不久後也得交給阿爾多。女兒把布遞給他，擰開清潔軟膏的罐子。有時最多就用水和醋擦一擦墊子。他們沒有太多交談。他以粗紙巾擦去那無所不在的溼氣造成的暗鏽，瞧見她沒過多久就感無聊。

「來吧，奧瑞絲塔，我們來練習。」他不斷哄勸她。有時候，他無法不以一種理所當然的父權姿態將手放在她肩上，意味著他到底還是她的父親，對她有著掌控權。

「為什麼要？只是浪費時間。」她通常會這麼回答，這次卻乖乖起身，然而不是為了練習。她轉向他——就像她還是孩子的時候——將頭靠在他胸前。他既驚訝又感動，就這樣愣在那兒。

「爸爸，最後會怎麼樣？畢竟不可能永遠這樣下去。」她沒有看他，而是透過他的襯衫、肋骨和胸膛發問。他的心在抽搐。

她問過很多次。而他從來沒有回答過這個問題。

女孩走向人體地圖，拉下毛巾，任由它掉在地上，露出胸前和腹部上大量的印記。一大堆線條、圓圈、之字形、塊塊陰影，看起來就像戰爭前線的地圖。多虧那些不同顏色的鉛筆，讓人清楚地看出壞損的過程。

「這是什麼？」她問的是覆著灰色陰影、約莫半顆拳頭大小的區塊。「又是劍拳？」

他很高興她記得他教的術語。

「不是，這是一個無聲區。」他沒有看著她回答。「與幾年前相比，現在明顯增加了許多。」

他沒有告訴她所有的事。他從來沒有告訴過她五年前發生的事，當時單迪寇斯的生命跡象恢復了整整三天，又再次消失，越來越薄弱。做了四次他不堪負荷的心肺復甦術都沒有用。接著出現了堵塞，我們不得不對死屍進行手術，希望他會醒過來。五年前救回來的時候情況特別慘烈，他的腦部再度受損，而且非常嚴重，連右半身都癱瘓了，包括臉部——看起來非常明顯。一切都沒有依照計畫走。

「也就是說，這塊地方已經沒感覺了對吧？神經受損了？」她問。

他點了點頭。

「蓋上它吧！」

他看著她。當她盯著人偶，以手指沿著身線移動，滑嫩的臉頰泛起了紅暈。她的黑髮遮住了半張臉。他突然一陣感慨。他從未像愛她這樣愛著別人。他不得不嚥下口水。

「好了，我們得繼續學習，我每天都會教你。」他放下抹布，走到她身邊。「讓我看妳的手。」

她反射性地將手伸向前，他則緊緊抓住這雙手，搓搓揉揉，接著拉向嘴邊呼氣。這樣突如其來的溫柔令她尷尬不已，猛然將手抽了出來。

「妳有一雙很棒的手：很大，很有力，也很溫暖。妳很強壯，而且很聰明。妳能將觸摸到的東西視覺化，能用自己的想像力做出很棒的地圖。」

「爸爸，這沒意義……我覺得厭惡。」她轉身站到門邊，好像要離開似的。她思忖了一會兒，最後說：「——我討厭你所做的一切。」

早春

他於三百一十二年前出現。據說還有其他人，雖然大多數人很難想像還有其他人。像他一樣的嗎？這怎麼可能？畢竟他只有一個。單——迪寇斯。「特別」、「獨一無二」、「全部」、「小寶貝」，就像對孩子說的話一樣，從那時起，他們對自身的不完美和不完整感便伴隨著他們長大。單迪寇斯這個字沒有複數形式。不知何故，這種單一性是神聖的條件，所以人們對於「其他人」這件事保持沉默。如果他們是不同的，人們就會走向多神論，信奉原始且幼稚的信念，認為奇蹟普遍存在，並且可以複製。到時候奇蹟便不再是奇蹟。因此，沒有提及其他人。

他在大家最需要他的時候出現，當時的塑膠之難不只摧毀了房子、工廠和醫院，也讓某些想法受到了質疑。戰爭拼上了完全毀滅的最後一片拼圖。衛星墜落時看起來像是拋體，一把瞄準地球的刀。人們無法記住字詞，當字詞缺失時便無法使用，也因此無法描述世界上正在消失的那一部分。既然無法描述，當然也不會想到；若沒想到，便是遺忘。直接了當的不存在訓練。

大家都相信他應祈求而到來，他回應了人們的請求。在節日時所唱的讚歌中有一句「地獄之門在那時開啟」，而後人們對於是否存在能夠描述「地獄」的反義詞討論了許久——但是沒有，沒有這種詞。至少沒有人記得有過。地獄這個詞對伊隆來說就是盒子上的螺絲釘，他想像這扇地獄之門打開時會有可怕的喀噠聲，就像他的工具盒，只不過，地獄的喀噠聲全世界都能聽到。單迪寇斯到來，事實上——按摩師伊隆就是這樣想——他是和其他人一起來的，又或者不是。從哪裡來、怎麼來之類的討論，我們都應該默默忽略。這是高中生才聊的問題，真正的好人不需要在這種問題上著墨。

他出現，讓自己被俘虜，把自己交給到人類的手上。從那一刻起，世界上所有的邪惡都停止。至少每個人都這樣相信著。

奧瑞絲塔最近很少回家。那時他會走進她的房間，待在裡頭看著屬於她的東西：書、掛在舊椅背上的睡衣、上面卡著閃亮髮絲的梳子。他望著黃色的絨毛狗娃娃「小餃子」，在她還沒完全學會說話時，就幫它取了這個名字。精心布置的梳妝檯上擺著母親留下的保養品、木殼裡乾掉的口紅、香氣早已分解成原子的空香水罐。他掃視仍充滿稚氣的書架——童話英雄和夢幻公主的冒險故事。有一次，他在學校的課本中發現了一捆有著紅色外皮的小冊子，裡頭的印刷很隨便。其中一本名為《改變世界——溫和革命哲學》（*Świat do zmiany. Filozofia łagodnej re-wolucji*）。他把冊子翻開，目光落在封面內頁上，上頭有她用鉛筆寫上的句子，每個句子後面都帶著一個問號。他總會不由自主地想起這些句子，並對自己的記憶感到憤怒。從那時起，他的記憶就一直困擾著他。

「若世界是為人而造，那麼我們為什麼會覺得它超越了我們？」「為什麼自然界發生的事情，在我們看來是可怕或令人慚愧的？」「要從何得知，什麼是好的？什麼又是壞的？」「我們身上嚴苛的判斷能力從何而來？」「為什麼世界是一個匱乏的世界？」「為什麼食物、金錢、快樂總是短缺？」「為什麼殘酷的行為會存在？畢竟，沒有合理的理由……」「為什麼我們可以像看待陌生人一樣看待自己？」「看別人和看自己的眼睛是同一隻嗎？」「我們是誰，又從哪裡來？」「單迪寇斯是誰？」「單迪寇斯是好的嗎？」「為什麼他這麼脆弱，讓這一切發生在自己身上？」「我們的世界被拯救了嗎？」

他看著她充滿童稚的筆跡，「g」和「j」的尾巴輕輕向下延展。它們都是掛在字列上的水滴，彷彿這些問題都將如雨點般落下，都將迎刃而解。

某個晚歸的夜晚，他看見她的燈仍亮著。他輕敲她的房門，而她趕緊關了燈，假裝睡著。他沒有上當，仍走進房裡，並在床邊坐下，把她的頭髮從臉上撥開。

他本來想盡其所能地回答她的問題，又擔心情況看起來會像自己在翻她的東西。

「有一種救贖經濟，」他說道。「一切美好的事物都必須付出代價。人們本身不懂這種經濟，當然也不會使用。我們的會計師很糟糕，他們的眼界狹隘，而且也不是什麼都懂。為了善，必須有所付出。這就是這種經濟的整個意義：簡單又合理，三百一十二年來都是如此理所當然。這也是為什麼每年在最黑暗的時期過後，會迎來『大日子』與此前節日的原因，妳懂嗎？」

他說話的時候，她並沒有睜開眼，雙頰卻顫抖著。過了片刻，她開口：

「爸爸，菲莉帕會住下來一段時間。她會睡在我的房間裡。」

精心打造的親密時刻就此毀滅。

「我是睿孔，我不能讓街上的人住在我的屋簷下。」

「爸爸，就只有幾天，最多一週或兩週。她無處可去。她的丈夫打她，還帶走了孩子。」

伊隆站了起來，被這突如其來闖入他家的世界震驚得不能自己。「妳到底是在哪認識她的？妳不應該和她當朋友。」他哼了一聲。

「我是一個自由的人。而且這也是我的公寓，我繼承了媽媽的那一半。」她拋出話後，便轉向牆壁。

春天・全球亮相

今年的亮相相對簡樸。由於大雨，展示典禮在皇宮裡以錄影的方式舉行，只做了電視轉播。單迪寇斯在鏡頭下身穿儀式服裝，打扮成「承載未來者——佛洛斯」。端看露出的手臂和閃閃發亮的胸膛，很難猜到化妝師之前可是得奉獻幾十個小時為他妝點。單迪寇斯美麗而獨特的臉龐看起來也同樣令人驚豔。不過無論如何，攝影機從來就不會靠得太近。

伊隆和阿爾多在工作室裡並肩，一同看著他們的傑作。單迪寇斯還無法行走，但他的脊椎狀況良好，骨折的肱股也奇蹟似地快速接合。亮相典禮結束後，他立刻被帶進皇宮，伊隆不再以按摩來折騰他。單迪寇斯得獨自吃晚飯。

伊隆也獨自回家了。人們開始走上被冬季暗淡期搞得一片蒼白的街道——上街購物，攤販上出現了春天的第一批花朵。期盼已久的盛會開始——一個滿是美食佳釀的佳節，一場愛、孕育生命與展望未來的盛宴。亮相代表世界重回正軌，這讓人們能夠相信，一切都會按部就班發展。

他緩步走在街頭，看著這座城市，內心充滿任務圓滿達成的感覺。這種感覺總是能有效地讓他免於陷入憂鬱。雨水沖去無所不在的鐵鏽，形成一條紅色的小水流，在本能的驅使下固執地與河流合而為一。由於節日的關係，橋上沒有了示威者，讓他莫名覺得這座橋遭到遺棄。他買了春天初產的蔬果和乾燥、盛放的連翹枝[89]。自從菲莉帕在家裡做飯，他就不再需要採買，只要把錢留在桌上，這兩個女孩神奇的雙手便會施展魔法、煮成菜肴。今天菲莉帕會做些什麼——有沒有她不會做的菜呢？因為他經常晚歸，她們往往把他的食物留在冰箱裡。而他回來得晚，正是因為不想和她們一起用餐。菲莉帕的存在令他擔憂，他感覺她正笨拙地扮演著某個人，模仿別人的生活，活像隻翅膀上有樹皮紋的蛾，儘管那棵樹早已不復存在。

伊隆一直想著同一件事——單迪寇斯的身體。

單迪寇斯有著乾燥的褐色皮膚，尤其是小腿和手臂，那裡十分粗糙，連最好的保溼產品也起不了作用。有些是宮殿實驗室特別為他調製，整個藥師團隊都在為他的皮膚努力，而且每年都為他準備新的配方。他纖細的身體傷痕累累，攤在滿是感測器的桌子上。他的呼吸很平穩，睡覺時一分鐘三十三次，醒來時則是四十次。伊隆對這個節奏瞭若指掌。只要他聽到這個節奏，就能立刻平靜下來，甚至可以說進入到冥想的狀態。

第二天他們開始工作。

「把油遞給我。」他轉頭靠近阿爾多，輕聲說道。男孩小心在伊隆的手心滴上幾滴油，刺鼻、濃烈的氣味竄入他們的鼻孔。單迪寇斯的背動了動，彷彿深吸了一口氣。阿爾多盯著老師的手，眼神堅定地跟著手和指頭的每一個動作，這些細微的動作產生微妙的治療振動。他是個聰明伶俐的孩子，為學校做好了充分的準備，未來要唸四年的物理治療；他知道希臘文中每一個——哪怕是最微小的

89 波蘭復活節時常見的植物，早春時開出黃色的花朵。

——肌肉名稱。伊隆一次次向他投去鬼祟目光，盡情享受阿爾多滿心喜悅的畫面。他試圖像兒子般疼愛他，因為他知道，如果沒有這種愛，就無法把這項工作中那種奇異的柔軟感受、也是最重要的東西傳給他。這種感受會突然從體內深處出現，整個自我也因之準備好失去界線。他指的是同情心。若沒有它，就無法幫助任何人。而阿爾多有，他不僅很有天賦，也很敏感。然而伊隆卻寧願在他位子上的是奧瑞絲塔。

「你看，」按摩師伊隆繼續對他的學生說，「按摩可以穩定時間，因為只有身體的時間是真實的。破壞它是多麼容易的一件事啊。若不是按摩師，世界會陷入混亂。」

單迪寇斯今天很平靜、很放鬆，或許這正是昨天晚餐上的酒精產生的作用。他肯定睡著了。伊隆按摩時從不說話，單迪寇斯不喜歡那樣。在父親的時代曾播放音樂，但後來便停止。伊隆畢竟是知道的，單迪寇斯自從二十五年前頭部受到重擊，就幾乎失聰。當時他整個顱骨斷裂，骨頭碎片傷及大腦。手術時間很長，專家使用精密的顯微鏡，將比頭髮還細的神經連接起來。從那時起，單迪寇斯就再沒說過話。研究指出，所有腦部的損傷都已再生，可是單迪寇斯甚至沒有嘗試說話，好似他已失去與周遭環境交流的興趣。伊隆很久以前聽過他的聲音，就在他第一年工作時，但他已經不記得了。他只記得當時他覺得那聲音很嘶啞，他這樣形容，但事實上他並不知道聽起來究竟像什麼。

阿爾多仍帶著喜悅注視著按摩師、睿孔、復健大師伊隆的雙手，他將繼承他的衣缽，而他知道，再過一會兒他就得在人體地圖上重現整個觸碰、輕挪和揉捏的過程。伊隆輕聲說道：

「看我怎麼做，看看我怎麼以一個動作更深入皮膚之下與肌肉之間。我能以觸摸來分辨肌肉自身的能量和它的附著力，它們是不同的。你看這裡，這塊肌肉微微顫動，每一塊都不同，附著點也不一樣。這和運送血液的血管有關。血液是一項奇妙的發明，阿爾多。」伊隆清了清嗓子，壓低音量，變成聽不見的耳語，幾乎只剩嘴巴在動。「他的血液成分有點不同，攜帶的氧氣要多一些，這也能透過手指頭感受到。」

「感受得到氧氣嗎？」

「不，不是氧氣。總有一天你自己會看到，這副身體似乎有著更強大的意志與力量。你自己會看到的。」

男孩沉默了。後來，在人體地圖上實做時，伊隆又回到了血的問題上：

「大約四十年前我們曾詳細檢測過他的血液，知道它的成分，但是不完全知道這種成份會產生什麼。他的血液和我們的並沒有太大差異，只是過於氧化，所以沒辦法使用。我認為，要是可以使用，我們就會用它。」他向後退了一點，好讓男孩看清楚他的動作。「而且，如果它有任何醫療價值，我們也會培養他的血液。」他突然補充說明，自己也有些被這一席話嚇到。

男孩不安地看著他，接著假裝什麼也沒聽見，移開視線。

伊隆很清楚自己的焦慮從何而來，但他寧願不去多想。在還被允許對單迪寇斯進行醫學實驗的時候，人們相信將他的血清注入人體能醫治百病。但是這個實驗於統治權交棒時就被中止。說實話，這讓伊隆鬆了一口氣。儘管一切都是基於單迪寇斯的身體，但他現在根本不認為他有身體。正如他們不說他流血，而是說「發紅」；沒有被重擊，而說「擦傷」；腿斷了，只說「肢體搖晃」。因此伊隆、睿孔和藥劑師也僅僅是某個祕密單位，處理的僅是一些隱隱存在的東西。若是在媒體上討論，例如我們的兄弟單迪寇斯——佛洛斯——承載未來者——的肝臟狀況，這將是一樁醜聞。

大家在空蕩的「診所」大食堂吃午飯時，伊隆偷偷瞄著阿爾多，腦中因而冒出一個瘋狂的想法——他想把他介紹給奧瑞絲塔。若成為他的妻子，她就可以進出診所，他們能一起工作。阿爾多比奧瑞絲塔年輕得多，而且看起來完全就是個小男孩，這麼一來可能會看起來像是小孩的聯姻。

他把手伸過桌子，向他展示血液的內在力量。他仍能感覺到觸碰單迪寇斯後留下的痕跡。這就是單迪寇斯一直以來感謝他的方式——以手指輕撫他的手心。過了十幾分鐘，伊隆感覺這個地方好像被一股輕盈的電流打到。阿爾多怯怯地以指尖碰了碰，或許他感受到了細微的震動，因為他抬頭看了老師——眼神中滿是驚喜與敬畏。參與按摩過程的阿爾多只是見證者與幫手，只能站在一旁伸長脖子、極盡所能地多看一些，並無法觸碰單迪寇斯。伊隆想起幾年前他也是這樣陪伴在父親身邊。

伊隆的父親是身體與記憶理論的創始人——這個概念已經根深蒂固種在按摩師的腦中。但是在三十年前，這種想法理所當然被視為騙術。父親堅信，刺激身體的每一寸都能喚醒與其相關的記憶，而且身體表面有一些能觸發記憶流的點。他對數百人進行研究，並創造出一張多維地圖，因為他發現，記憶的感測點不只位在表層，也存在深層之中。因此，這套皮膚記憶模型必須是多維的。

身體就如同檔案室，將過去的事件與經歷過的記憶保留在體內，隨著時間推移，這個觀念已經受到普遍的認可，現在無人否認這門名為護理社會學的科學事實，以及以伊隆的父親命名的「提歐定律」：身體的肌肉層越深，越接近腹腔神經叢，那些記憶就越老。現在的醫生——尤其是按摩師和心理治療師——都普遍使用人體地圖，他們知道，透過正確的按壓與按摩，能釋放出最微小的記憶。

伊隆的父親將此法運用在單迪寇斯身上。那時單迪寇斯還能說話。但是提歐聽到了什麼？單迪寇斯又有什麼記憶？父親做了一些筆記，只是顯然沒有留給兒子。也許筆記被毀了？或許沒有必要讓人知道單迪寇斯從哪裡來，又是什麼人。或許最好也別問自己這種問題，因為他不應該有任何過去。單迪寇斯的歷史始於三百一十二年前，亦即他在沙漠中被發現的那天。

但是按摩師伊隆在自己私人的人體地圖上，也就是從提歐那繼承的那副，現正藏在前廊的工作室裡，未來某天要傳給奧瑞絲塔的那副。他看到了父親留給他的東西：一片沒有文字內容的符號海、一整個所有的可能組合——從 Alpha 到 Omega[90]，什麼都有。

春天

菲莉帕和春天永遠住進了他們家。廁所裡晾著她的內衣，那畫面總讓伊隆感到尷尬。冰箱裡，她的層架上有一罐抗過敏的保健食品。天剛亮她就出門工作

90 Alpha 和 Omega 是希臘字母的最首及最尾。《若望默示錄》中以 Alpha 和 Omega 稱呼上帝，因為他開始了人類，一切也應由他審判結束。波蘭語中的衍生意為：什麼都知道的人、該領域的權威。

（她總是顧左右而言他，他還不知道她是做什麼的）。他很少看到她，一週就一次，星期天一起吃午餐的時候。奧瑞絲塔靜下來努力學習，明年她有一些考試，之後她想接受高等教育，但是女生的分數必須要比男生高，而且給女孩的名額總是不足。然而伊隆希望他的職位能幫到她往後的學習生涯。他能在這方面做些什麼？嗯……他能鼓起勇氣，拜託首席睿孔多多關照。那個人理解地點點頭，似乎表示贊同。他的舉手投足間幾乎藏不住優越感，他自己有三個兒子——全都是睿孔的準候選人，其中之一將在未來繼承父親的位置。

他幾乎每天都會見到首席睿孔。一名身材高䠷的男子，留著灰白的鬍子，從來不在臉上顯露任何情緒。大家現在的工作都很多，因為單迪寇斯今年恢復的情況比較差，傷口癒合得不如以往快。首席睿孔請我們詳細檢查。診斷懷疑是感染，但不知道如何治療。直到現在，大家對單迪寇斯感染了什麼仍毫無頭緒。伊隆試著非常輕柔地替他按摩。他有時是如此害怕觸碰這憔悴而殘缺不全的身體，所以只維持一貫的安撫性輕拍。藥劑師發明以北方苔蘚製成的新敷料，有再生和刺激的功效。每天上午，他們都會把單迪寇斯變成一尊長滿苔蘚、深綠色的半躺臥雕像，在他面前放上一碗碗香精，幫助治療。伊隆整個春天都在自己的人體地圖上畫新符號。在提歐神祕地寫下「童年水」的地方，伊隆，他的兒子，寫下「肱二頭肌斷裂」，在清晰的「黑太陽景色」旁，他加上「阿基里斯腱撕裂」；在小小的「媽媽」（帶有問號）下方有「臀部上方的血腫」（深紫色，癒合數月，至今未消）。接著是「旅伴」、「海上的白色黎明」、「著陸」，這些則伴隨著「左手掌骨骨折」、「踝關節脫臼」、「膝蓋骨骨折」、「內出血」（這兒有一個特殊的符號）、「胰腺損傷」等字眼。橡膠的輪廓消失在這些疼痛的字跡下。

近幾年，「回歸」有系統地延遲，雖然僅幾秒鐘。儘管在年度的「大日子」直播裡延遲似乎不太明顯，仍令睿孔非常不安。當時全世界的攝影機都聚焦在單迪寇斯的手上，等候他手指的第一個動作。世界各地的觀眾都發現延遲了嗎？伊隆認為沒有，沒有人正式注意到這件事。假使真的發現，也不允許討論，更不能公開宣布。再說，人們太專注於期待冰箱裡的食物，專注於用一根習慣的火柴點燃蠟燭，替樂器調音，以便和親朋好友一起同樂，最後齊唱客人光臨寒舍。滿是銅線與銅管的感測器測出了延遲，發現第一波神經脈動減弱，這只有睿孔知道。

伊隆擔心會有不成功的一天，擔心不會再有亮相的一天。而這肯定就意味世界末日將至。看來，他是個有罪的人，是個信仰薄弱的人。因為無論如何——自三百一十二年前起，同樣的奇蹟每年定期上演——單迪寇斯——佛洛斯——承載未來者——都會醒過來。而且從那時起，按摩師伊隆幾乎不離開工作崗位，整個塞伊拉[91]的期間都是如此。在這由秩序、飽足感與滿足感主導的時期，單迪寇斯也會在整個睿孔團隊的努力下康復起來。

夏至・和諧期

「和諧期」彷彿帶有儀式性，以繞城散步開始，一年就這麼一次。雖然這場散步看起來非常自然，並且是自發性的，但是其實準備得非常縝密。便衣警察在安全距離內守著短短的隊伍，側門印著「鮮花」二字的小貨車裡，裝有最先進的救護車設備。再遠一點，一輛窗戶黑漆漆的大巴士裡裝滿了士兵。

他們接近正午時便出發，比預計的時間要早一些。單迪寇斯以及分散四周的隨從坐在推車上，為了享受美好的夏日陽光，因為氣象學家警告下午會下紅雨。首席睿孔親自推推車，身後緊跟著謹慎戒備的隨扈。伊隆和阿爾多也走在人群中，只是比較後面。從伊隆的位置，他看見單迪寇斯寬闊的背和罩著帽兜的頭，大墨鏡遮住他大半張精緻的臉蛋。

隊伍像往年一樣穿過集市。儘管禁止過度展現熱情，人們仍從清晨起就在這裡守候。他們不被允許靠近，但是這種友好的推擠讓氣氛變得輕鬆。單迪寇斯的身邊總是如此，在他旁邊，心情總能好起來，信心會增強，每個人都猶如微醺地身處其中。單，我們的兄弟，從他的帽兜底下微笑回應。有點扭曲又有點疼。帽兜並沒有遮住一切。人們透過隨扈遞給他一些小禮物——一束鮮花、巧克力、一隻以剝落橡膠製成的復古小熊。首席睿孔替他收下這些東西、傳到後頭，收進隨扈的提袋。

伊隆趁這個機會小聲地指導好學的小阿爾多：

91 Seira，判斷是希臘文。在此有秩序之意。

「你看，他的頭維持得多好，我昨天按摩了他的後頸，效果立竿見影。在這個季節，按摩必須輕柔且放鬆，因為肌肉已經差不多完全恢復了，而皮膚下甚至會出現薄薄的一層脂肪，讓它柔軟而滋潤……」

他這麼說，但阿爾多只是漫不經心地聽著。他探出身子，隔著人群看前面發生了什麼事。那裡出現一些混亂，因為整個隊伍都停了下來。

單迪寇斯每年都樂意在T恤攤前停留，那裡總會有一場小小的演出。精挑細選的小販，按時納稅的好公民，身穿他們的T恤在單迪寇斯面前遊行、展示最詼諧的文字。他的目光在輕垂下的面容隨著他們移動。他的智商與人類有點不同。更近於合成的。或許也是因為這樣，他才那麼適合這種奇怪的媒介——T恤，而不是報紙或尖酸刻薄的電視新聞。他們以最精華的形式，展示整個世界及其問題所在，並灑上最好的調味料——嘲諷與挖苦。那些使他目光停留的東西成為潮流，銷售蒸蒸日上。這個傳統變得很普遍：年輕人最後會突破躊躇不定（或是已有算計）的隨扈障壁，登上這座展臺。只是文字在他們年輕、苗條的胸前已經不再有趣。他們要求終結偏遠地區的戰爭、修改法律以維持正義、實現女性地位平等、阻止生態劫難和席捲全球的酸鏽問題。通常一切都會和平落幕，年輕人被溫和帶開，單迪寇斯的推車繼續在攤位間移動，直到進入廣場，讓他獨自在此停留片刻，周圍僅一條森嚴的警戒線。他一個人待在推車上，獨自面對城市和天空，好像人們必須向宇宙展示著他——他在這裡，他活著。

接著，散步路線行經河流，整個隊伍沿碼頭移動，在那裡又停留了許久，因為單迪寇斯喜歡看水。伊隆還記得，當他開始工作時，單迪寇斯還能正常行走，能起身自己走向岸邊，讓流水浸潤、拍打他的腳趾。他能久站，像被水面的波光催眠，凝視著風的競賽。風本身是不可見的因，以浪姿成了看得見的果。據稱他說過（在他還能說話時），浪潮的動靜是智慧的榜樣。管他是什麼意思呢。

現在單迪寇斯再也無法從椅子上站起來。他的頭微微傾向一邊，伊隆甚至害怕他睡著了。這不是個好兆頭：竟在白天睡覺。也許單的體內出現了某種與電解質有關的毛病——他很不安，而他身上也越來越常溢出一些新的不適感，一種內在的恐慌。

首席睿孔也注意到單迪寇斯歪斜的頭，下令回頭。遊行隊伍笨拙地重新調整好，推車調頭，走上一條比較短的路，前往診所，穿過長年未使用的皇宮花園，車輪在滿布紅色塵埃的路上留下兩條長長的直線。伊隆知道他必須隨時待命，儘管通常吊個點滴、休息一下就好。不管怎樣，伊隆和阿爾多於每個場合都預先備好的桌邊、在打開的油瓶之間，以最虔誠的態度做好萬全的準備。最後結果肯定是建議戴著護頸一段時間，就像去年一樣。一切都會沒事的。

單迪寇斯這種非人的信任往往令他驚訝，他出於自主地對人類充滿希望，而且無論好壞，都完全奉獻。人面對這樣的奉獻時會束手無策，陶醉在自己的全能之中，同時又很脆弱。伊隆有時會啜泣（看起來活像是咳嗽），他的身體被一種他人賦予的信任給噎住——畢竟人是有血管的，如果無法承受流入這種分量的溫和善意，便會在壓力下爆裂。

單迪寇斯的身體有強大的自癒力。他們，這群睿孔，只是陪著他做這件事而已。這是事實。

當伊隆終於在夜裡回到家，洗澡沐浴，他檢視自己四十二歲的身體，試圖不與那副身體相比較。他的身體顯然是一般人的軀體，而且絕對是一次性的。

秋分・尊者遴選

其實菲莉帕的存在沒有帶來任何困擾。這女孩早上出門、晚上回來。他看見浴室裡她的牙刷，以及廉價的面霜。有幾次，他回家的時候正好撞見她與奧瑞絲塔在吃晚餐，所以他便加入他們，幾乎吃掉了她們整顆萵苣。他特別喜歡萵苣。「菲莉帕做到了。」奧瑞絲塔稱讚她的朋友。菲莉帕沒有多說，只是快速且銳利地瞥了他幾眼，眼神裡夾雜著讚賞與不甘願。

他根本不知道。他不知道這位因奧瑞絲塔成為他生活一部分的陌生女子在想些什麼，完全不確定自己對她的感覺是什麼。她不多談自己的工作，最後結論是，她似乎在地方圖書館服務。她對自己的家庭生活更是絕口不提。伊隆曾經問過她一次——溫柔如他。她卻低下頭，沉默了好一段時間。他認為這個話題就像單迪寇斯身上的「無聲區」，與其他事物分開，歸入不可言說的境地。他沒再過問這件事。

電視上正無止境地播放「尊者」的地方抽籤畫面。那些有資格的人組成幾十人的組別，參加抽籤——碰碰運氣。抽籤在九月底舉行，世界在熱浪之後冷卻下來，再過一陣子便會進入雨不停的時節。每家電視臺都會轉播抽籤。接著在「肅穆之日」，當白天的長度在一年內二度與黑夜相等，於尊者中選出六人，組成「Stigma[92]」。Stigma 符號——類似鐮刀或鉤子的古老字母——從衣服、賀卡，廣告到馬克杯，從那時起就無所不在。尊者的生平背景被拿出來一一討論，他們的臉在兩週後會比任何名人還容易辨認。Stigma 即將進入三個月的與世隔離期，以便在理想的純淨狀態下秉承傳統。

在兩個女人的陪伴下伊隆居然感覺良好，浴室裡化妝品的味道，廚房裡總是擦得乾乾淨淨的桌子，深埋在冰箱的食物，再加上她們的聲音。這間房子因此活躍了起來。她們和他說話，以麵包、藥局、天氣、計畫這類平凡的問題與他攀談。晚上，當他滿懷不安，疲憊地從診所回到家，她們喊他來一起喝啤酒或茶，她們手肘相碰，緊靠在一起，眼裡則帶著藏不住的好奇盯著他。他覺得奧瑞絲塔先前的哀傷都已蒸發，身上的叛逆也已燃燒殆盡。現在她更常對他開玩笑，比較隨性，臉色也紅潤。當她處於這種狀態，他很喜歡看著她。他感覺他們能重修舊好。他盡量不向女兒表現出自己有多麼在乎她。她們當然希望他能說一說世界上最神祕的機構內部是什麼樣子。女兒竟然也對這件事感興趣？這讓他先是驚訝，後來開心得不得了。他感覺到自己的重要。所以他講起了故事，而她們提出問題，每個問題都是這樣開頭：「這是真的嗎？」

她們第一個問的是性別。

伊隆是知情的人之一，清楚知道稱單迪寇斯「他」顯然不合適——就各方面來說都是。應該要有一個單獨的詞給他，一個特別的代名詞。不知為何，這個詞還沒被創造出來。或許是因為語言中本來就缺乏用來稱呼他——單迪寇斯——的詞彙，最多只能在代名詞上改用大寫字母，或者使用「承載未來者」這類的表達方式。如此超然、比喻性的字詞已經沒有任何意義。任何詞語都無法承載他存在的奇蹟。

儘管這則軼聞沒有再被提起，但是據說，每隔八、九十年，單迪寇絲就會轉換一次性別，從來沒有完全改變，只是這種特性也會隨著時間波動。

---

92 希臘字母，現在有時作為希臘數字的「6」。

伊隆從他父親那兒聽到這件事，然而父親也沒有親眼見過，而是父親的父親——事實上是他的繼父——五十年前的首席睿孔告訴他的。而他又是從他前一任的首席睿孔，也就是性別轉變的見證人那裡聽說。那時單迪寇斯有點像女人。說「有點像」，是因為他們稱他為「他」，就像人的意識無法接受「我們的姊妹」就是「我們的兄弟」這種想法一樣。伊隆曾經看過一些年代久遠的圖畫，那是在還能描繪單迪寇斯的身體、能持續對他進行研究時畫下的。在畫上，性別通常被忽略，只留下傳聞。現在，伊隆每天看著單迪寇斯的身體，有時候一看就是好幾個小時——乾癟、受盡折磨、滿身病痛的身體，冀望著能盡快康復。他根本就不會想到性別的問題。單迪寇斯的不同之處很明顯，但是很難和其他東西做比較。伊隆不喜歡這些話題。性別對他來說始終是種抽象且多餘的事物，是表面的特徵，在本質上並無意義。尤其在他有了女兒之後。若他有的是兒子，可能不會這麼想。他略過了女孩們的問題，但也看出她們眼中的失望。

「特殊委員會不足以證實他的死亡，還得把他的腦部掃描、發給世界上最好的診所，這是真的嗎？」菲利帕問道。

「他的死是什麼樣子？你們怎麼知道他死了？」奧瑞絲塔補充。

他仔細向她們解釋整個複雜的程序，想要抹去她們上一個問題沒得到答覆的沮喪。死亡由首席睿孔和來自全世界的專家組成的委員會證實。他們向城市和天空宣布死訊，也就是那一刻，所有媒體都會關閉。四十個小時內，單迪寇斯便不在世。包括大腦，所有功能都停擺，甚至開始出現屍斑，這些屍斑之後會留下長期的瘀血，對他和按摩師伊隆來說都是一項特殊的挑戰。接著——眾所皆知——在第四十到四十四個小時之間，單迪寇斯會復活。

菲莉帕說這些話時不安地動來動去：

「我還是孩子的時候以為這只是一種比喻，以為不是真的發生。」

他微笑著啜了一口啤酒。那嘗起來有金屬味，就和其他東西一樣。

「你看過回歸嗎？那是怎麼樣的？」

「說到底妳還是從電視上看的。」他回答。

話說回來，大家都是從電視上知道這件事。在確認死亡並公布死訊後，媒體會關閉三十六個小時，什麼都不報。這叫 *Galene*——寧靜期。人們待在家裡，點著蠟燭坐在黑暗之中。沒有商店營業，交通工具也不行駛。什麼都關閉。有人告訴他，很多人在那時發瘋，精神病院也忙不過來。法律失效，許多人利用這一點，似乎沒考慮若在寧靜期期間觸犯法律，每項罪行都得加倍嚴懲。人們會做出奇怪的舉動。他們喝酒，他們偷腥，他們做出以後會後悔的決定。他們自殺，而且數量會激增。這就是泯滅存在的年度試驗，世界會失去原本的樣子，整個人生也停滯，得完全更新才得以繼續前進。若不是我們的兄弟單迪寇斯更新了世界，此處將只是一片空白。在第三十六個小時，人們打開電視螢幕，鏡頭只顯示一個畫面——單迪寇斯的手。所有人都緊張地等待手指的動作，等待著那一震，等待著最輕微的移動。儘管每個人都知道會發生什麼事，世界仍屏住了呼吸。每個人都記得兒時的那幾個小時，當每間屋子裡的電視都開著，螢幕上一直是相同的畫面——一雙攤放在黑色喪幡上、有著修長手指的蒼白之手。等待的時刻到了。孩子感到無聊，不明白為什麼不允許他們玩耍，為什麼不能吊在院子裡的欄杆上或是玩遊戲，就連簡單無害的井字遊戲也不允許。父母檢查冰箱裡的豬腳肉凍是否已經結成，今年的黃瓜是否醃漬好，就要放在餐盤裡當作節日主餐前的開胃菜。

人們透過剛擦淨的窗戶，看著冬日的黃昏在城市上空映出橘橘髒髒的光影。從廚房走到房間，在桌子上擺放好餐盤。檢查時間，換衣服。燈沒打開，只有螢幕上的黃藍亮光閃爍著，所以人們的住所看起來就像在螢光海底。家裡第一個看見手指在電視螢幕上動的人，那幾乎很難注意到的微小顫動。這個人——人們是這麼相信——將會在接下來一整年擁有好運。

菲利帕不知道從哪裡變出一支紅酒，不過伊隆和奧瑞絲塔家裡沒有酒杯，只好把酒倒進馬克杯裡。伊隆放鬆下來，解開背心。菲莉帕用手托著下巴，以一種自認是欽佩的表情看著他。

「看起來就像電視上播的一樣嗎？」她問。她指的是單迪寇斯是否從手指開始復活，然後心臟的頻率便在以太[93]中釋放？還有，為什麼他們不拍他的臉。

奧瑞絲塔補充：

「我一直覺得畫面不太壯觀、十分可惜。既沒有奏樂，也沒有打光。」

93　古希臘時期指大氣或天空，是種看不透也摸不著的元素。在中古時期，以太為天堂的象徵。

他笑了。那個時候，他並沒有在家裡與家人共度時光。那時所有的睿孔都在值班，一切準備妥當，並在診所令人不適的黑暗房間中等待鈴響。那聲音聽起來總像災難警報。那時他們會從位子上彈起，奔向自己的崗位。「大日子」也叫做*Einai*——一個取自古語的詞，意思是「我在」——在他們看來和電視上的實況轉播不太一樣。不受控的身體、傷痕，凹陷的雙眼與太陽穴、冷冰冰的皮膚，以及在這具死去軀殼上突如其來的呼吸。顫抖的手指、神經脈衝、血液復甦、突然稀釋，然後開始流動。轉播結束後，診所的警報聲響起，走廊的燈劈劈啪啪亮起來，單迪寇斯的床被急忙推進急救室。當軀體經過燈火通明的走廊，許多睿孔搗臉下跪，其他人則低頭站著，顯露出他們身為人類的一切無助。復活並不像奧瑞絲塔希望的那樣壯觀，這是事實。單迪寇斯被接上儀器，生命跡象不穩，可是緩緩活了過來。生命跡象最初在大腦中以微弱的脈衝出現，十幾分鐘後，心臟也加入行列，先是跳一下，接著是第二下，直到一次又一次清晰跳動的那一刻出現。晚上，所有電臺都會播放這個節奏，除了這顆復活的心臟噗通、噗通、噗通的聲響外，沒有別的節目。那時整個世界被寂靜籠罩，直到天明，直至喜悅爆發，迎接重生的世界。

「雖然……」伊隆停在這裡，但是感到一股巨大的誘惑，讓他想對誰衝口說出這個祕密，最後他說了出來。「今年他們播放了去年預錄的心跳聲。」

他沒有等到她們問「為什麼？」便直接補充：

「因為現在的非常微弱，也不規律，不適合在直播時播放。」

菲莉帕再次把他的酒杯斟滿。葡萄酒很美味，他已經多年沒喝了。

「二十四年來我都近距離看著這一切，而我總是說：『這毫無喜悅可言。』」他一派輕鬆，「還有，『生命不情不願、艱辛地回來了。』每年我都害怕這次會回不來，害怕一切會結束，與此同時，我也見證了二十四次這個狀況，這確確實實發生了。妳們那時候是否也有一種奇異的酥麻感？起了雞皮疙瘩？我想每個人都有這種感覺……而且世界上所有人那時都滿是懷疑：如果這次回不來了怎麼辦？畢竟這是奇蹟，它有權力不按牌理出牌，所以也可能不再發生。但它還是發生了。雖然至今仍沒有人知道究竟是如何發生的。」

喝下他絕對不習慣的酒，他感到一股無以名狀的情緒，眼裡充滿淚水。他嘆了一口氣，因這熱浪般的感受尷尬不已。他靠上桌子，準備起身去睡，這時菲莉帕出其不意地將手放在他的手上，低聲說道：

「請留步。」

他突然意識到情況不對勁，感覺這兩個女人想從他身上得到什麼，真相揭曉的時刻正緩緩到來。可是他還沒準備好。他想離開。

「我不應該和妳們談論這些，這是不健康的想法。這就是我們世界的秩序，不會有別的。」

「可能有別種秩序。」菲莉帕平靜地說。

他從桌子上拿起眼鏡、起身。奧瑞絲塔站在他面前：

「伊隆，我們想把他還回去，回到他來的地方。」

伊隆不明白她在說什麼。

「『我們』是什麼意思？」

「冷靜，」菲莉帕說。「聽我說，伊隆。我們是一個小組織，一個團體……」

他漸漸聽懂了她說的話，感覺血液湧上臉面，漸漸漲紅。他的身體開始為一場想像中的戰鬥做準備，思緒散落四方，聚不在一起。

「那些示威的團體？」他氣呼呼地問。這是他腦中唯一的想法。諷刺啊。他感到受欺騙、遭背叛。

「我們跟隨理性和內心的引導行動。」菲莉帕定定地看著他說。奧瑞絲塔那邪惡的紅色小冊子在伊隆的腦海中若隱若現。

「你洗腦她了！」他吼道，接著抓住菲莉帕的肩膀大力搖動，她則如洋娃娃般任他擺布，嬌小又脆弱。

椅子碰一聲翻倒在地。「你迷惑我女兒來接近我，想要煽動我！」

「你冷靜點，伊隆，這不是犯罪，這是對他人再平凡不過的同情心。」

他放開她。

「他不是人！他遠遠勝於人。事物的秩序就是這樣。」他氣得發抖，「整個世界都要遵守這個秩序，他是不朽的，他的死亡不是終點，就是這麼一回事。沒有它，天下就會大亂。已經發生過一次，沒有人想再回到那個時刻。必須犧牲一些東西，才能擁有平靜的生活。」

站在他面前的菲莉帕突然挺起身，緊握雙手。那一刻對他來說有如致命的危險。喔，沒錯，這個生物一直以來都在冒充根本不是她的角色。

「你和其他人沒兩樣。你又有多了解這個世界？多了解活著的人？你只是讓畜養的受害者維持好狀態，讓像你這樣的人能以『淵遠的傳統』之名殺了他。你自以為在拯救他，但你就像其他人一樣，是個殺人犯。」

伊隆賞了菲莉帕一記耳光，奧瑞絲塔眼睛瞪得老大看著他。

「滾出這裡！」他對菲莉帕說，轉身背對著她。過了一陣子，他聽見門關上的聲音。

奧瑞絲塔跑進房間，開始發狂打包。他從半掩的門看見她站在房中央，將菲莉帕的紅色T恤抱在臉上。他感到羞恥又震驚，向後退開。

磨難日

他走到生鏽的冰箱前，嘴裡嚼著乾巴巴的三明治，看著用磁鐵貼著的日曆，上面有兩個表示一整年的彩色鏡射螺旋。第一個螺旋始於深色的冬季中期，標著「大日子」，亦即單回到世界上的日子。從這天起，每一天都綴於時間線上，延伸至早春的「暗淡期」，他逐漸康復的時期。緊接著是春分之時的「亮相」，然後是塞伊拉，又名「秩序」，明亮、清新地綻放。這是個平衡又平和的時期，一個灰綠色的時節。大地回春，樹木披上樹葉。一直持續到歡愉的夏至及「和諧期」。從夏至開啟一個新的圓，是前一個圓的鏡像，只是這個圓盤繞、捲曲且顏色轉暗。初秋，「肅穆之日」，也是選出尊者的時候，黑暗之始。在那棕色的日子裡，時間彷彿也腐蝕了，降服於永不停歇的鏽蝕作用，破壞物質的整體性，將之切分成小塊小粒、能一口吞噬的大小，以便之後將之化成灰。

「磨難日」與古語叫做 *Galene* 的「寧靜期」幾個黑色的日子，就塞在第二個日曆圈中間，在它黑漆漆的核心之中，在暗黑的巢穴裡面。

時節正值冬季。磨難日的前一天。目前已經多年未飄雪，天氣潮溼、多風，烏雲壓低，從房屋頂上快速飄過，屋頂上的天線好像鋸開了雲的肚子，掉出來的東西卻不是雪，而是鐵鏽。但這是一段令人滿足的時期。下方，就在受傷的雲下，準備工作持續進行，市政廣場上的電視牆鷹架被風吹得嘎吱作響。做完了最後一次採購——雖然商店已經盡力補貨，但一些架子還是被清空，酒館和酒吧擠滿了人，因為這個時期每星期至少得喝上一次酒。伊隆經過一群被酒精溫暖的嘈雜男子，他們正在街上的高腳桌邊享用啤酒。最常談論的話題就是尊者，他從九月起就開始為自己的職位做準備。今年沒有抽出任何名人。去年，一位知名的演員成了尊者，很多人抱怨抽籤做假。但是畢竟是由機器從地球上所有大於四十歲的無負評男子中選出，無法排除命運落在知名演員身上的可能。被選中的人從此時開始，必須接受嚴格的飲食要求，並投身於特殊冥想之中。他們的面孔會出現在每種資訊管道及報章雜誌上。

經過商店的時候，他猶疑了一下是否要走進去。今天必須進食，在三天的齋期前餵飽自己。要食用油膩的菜肴、大量雞蛋、宰殺羔羊和豬仔。吃光冰箱裡的食物，掃淨儲藏室的抽屜，清空蜂蜜罐。對真正虔誠的信徒來說，*Galene* 這三天裡冰箱必須空著，因此物資會被搬至地下室，讓較不虔誠的鄰居照看。

自從他獨自一人，家中便不再開伙，只吃診所食堂提供的食物。自從沒了奧瑞絲塔，他的冰箱就空著，彷彿一直活在寂靜的等待之中。裡頭只有一罐放太久而呈棕色的舊芥末醬。

到家後，他立刻泡了澡。躺在鏽紅色的水中盯著自己乾巴巴、露在水上的膝蓋。他有風溼病，膝蓋又腫又痛。

磨難日前一天，他與首席睿孔一起來到仍在準備中的磨難日會場探視。他們檢查了石頭：洗乾淨也消毒過，移除包了一整年的軟墊箱，看上去像是一塊最黑的煤炭。每一塊的重量都在三百四十至八百一十公克之間，有著鋒利的邊緣。每當伊隆的手指劃過，總會讓他感到一陣酸軟虛弱。急診室裡所有的醫療器材都準備就緒，繃帶、縫合線、針頭與針筒、成套的手術器械、高壓滅菌器、消毒水、抗生素、藥膏、點滴架和在透明容器中的點滴。首席睿孔仔細、敏銳的目光一一掃過每個細節。伊隆跟著他僵硬的步伐，試圖將這一切當作博物館裡的展品。

今天他藉口自己風溼發作，必須早點回家。然而他得盡快回到崗位。明天是磨難日。他試圖撫慰自己。泡澡總是能讓他平靜，讓他的膝蓋喘口氣。

突然有人按了門鈴，不等主人回應就逕自進屋。伊隆跳了起來——他確信是奧瑞絲塔回來了，眼前閃過已被遺忘得差不多的畫面：他的女兒站在房間中央，嗅著菲莉帕那件洗過的紅色T恤。他眨了眨眼、抽離畫面。他已經不再覺得氣憤或難堪，取而代之的是越來越大、大到難以承受的悲傷，永遠失去她的悲傷。他對這分悲傷感到恐懼，他害怕會以某種方式傳染給單迪寇斯，害怕他會感覺到這股悲傷，從按摩師的指尖流入他神聖的不死之身。他覺得這是一種病。

他起身準備拿毛巾，走出去與女兒相見。卻聽到陌生的男聲，接著浴室的門打開。門口站著首席睿孔，後面還有幾名他見過的警衛。

「他在哪，伊隆？」

他不明白。他以為他們問的是奧瑞絲塔。

「穿上衣服！」首席睿孔一邊說，一邊站在那兒看著伊隆緊張地用毛巾圍住自己光溜溜的身體。

「我們很久以前就知道你有自己的人體地圖，現在我們要把它帶走。」

伊隆不由自主地發起抖來。他的牙齒直打顫，既不是因為冷，也不是因為怕。他聽見警衛毫不留情地走進門廊的工作室，聽見工具盒落下，接著是玻璃破碎的聲音。當伊隆穿上衣服，首席睿孔盯著天花板。

「我沒有做壞事，」按摩師用顫抖的聲音說。「我只是用它來練習，精進我的手藝。沒有人知道這件事。」

「我們都知道。夠了。」

首席睿孔關上門，站在飽受驚嚇的伊隆面前。他們身高一樣，看著彼此的眼睛。伊隆認為自己在他眼裡看到了不屑，於是垂下目光。

「不見了。」

伊隆沒有立刻明白他聽到了什麼，只是注意到首席睿孔的臉有多蒼白，宛若一張白紙。稀疏的鬍鬚像某種滑稽的毛髮，亂糟糟地戳進皮膚中。他恍然大悟：首席睿孔很害怕。

「你得和我們一起去，我們必須表現得像什麼事情都沒發生一樣。」

警衛用奧瑞絲塔床上的毯子把人體地圖裹好，像扛地毯一樣走過樓梯間，來到街上。他們在那兒排成一小列，人體地圖被放上軍車。另一輛上坐著首席睿孔和伊隆，他還在扣他大衣的釦子。街道空蕩蕩，天空被夕陽染得通紅。

「怎麼發生的？」伊隆問。

「過程很複雜。電梯，一個守衛被買通，後來也失蹤了。很不幸，還有一些深受信任的人也牽涉其中。我們正在調查……」首席睿孔對著空氣說道，沒有看他。一股熱潮淹沒伊隆，他渾身發抖，雙手也在顫。

「讓他穿成單迪寇斯的樣子，橡膠很柔軟，看起來像人的身體，正好是他的體型。讓人給這個人偶畫上最好的妝，我快到了。我們會播放去年的畫面。」

伊隆這才明白他想做什麼——他打算偽造電視畫面，欺騙上億觀眾。

「但是……」他開口，卻不知道自己為何想反對。這一切對他來說都太可怕了。

他理所當然想起奧瑞絲塔，也想起自己再也見不到她。他試圖想像她現在所在的地方，但是他所有的關心和注意力都集中在單迪寇斯身上——他從沒有過其他的生活，三百多年來，他的世界就只有無菌診間。再說，他還在用藥，需要特別的飲食，傷痕累累的身體還得泡在藥草裡。得替他吊點滴和驗血。一陣類似恐慌的絕望感壓著他的肺，但他做了幾個深呼吸，讓自己恢復過來。

汽車開過那座橋，上面仍有嘴上貼著黑色膠布的人在抗議。沒有人理會他們。慢慢地，他們也開始收拾、回家過節，把黑色手帕收進包裡，捲起標語橫幅。破舊而悲傷的牌樓裡，幾乎每扇窗都散發電視機淡淡的光線，並且等待轉播。首席睿孔說：

「一切都必須照常進行。尊者會朝人體地圖丟石頭，就像平常對單迪寇斯做的那樣。」

「然後呢？接下來呢？」伊隆不相信他所聽到的一切。

「沒怎樣。一切就跟以前一樣。我們會找出他、將那些恐怖分子繩之以法！」首席睿孔憤怒回答，這名莊重的老者出乎意料地顯露出憤怒之情。

當他們駛入診所的前院，伊隆用顫抖的手指扣好匆忙披上的大衣。黑暗降臨得比平常還快，他有種不好的預感。就連平常亮著的診所窗子也失去光芒、變得昏黃，如同這整座城市，在晦暗中失去了輪廓。黑暗正迅速降下。看來——這次將不可逆了。

國家圖書館出版品預行編目 (CIP) 資料

怪誕故事集／奧爾嘉・朵卡萩（Olga Tokarczuk）著；鄭凱庭譯 . -- 初版 . -- 臺北市：大塊文化出版股份有限公司 , 2022.09

面；　公分 . --（to；130）

譯自：Opowiadania bizarne.

ISBN 978-626-7118-88-7（平裝）

882.157　　111011627

LOCUS

LOCUS

LOCUS

LOCUS